Deelungo

Fotobranding

Roman

Bibliografische Information der Deutschen Bibliothek:
Die Deutsche Bibliothek verzeichnet diese Publikation in der
Deutschen Nationalbibliografie; detaillierte bibliografische
Daten sind im Internet über http://dnb.ddb.de abrufbar.

Herstellung und Verlag: Books on Demand GmbH, Norderstedt

Printet in Germany

ISBN: 978-3-8423-5197-4

Die Auktion

Ein Sonntagabend Anfang Juli 2008. Die 26-Jährige Danielle Meyer, welche ihren Lebensunterhalt als Sachbearbeiterin bei einer Versicherung in Köln bestreitet, sitzt wortlos vor einem 7 Jahre alten Computer im Schlafzimmer ihrer Zweiraumwohnung. Das Einzige, was die Betriebsgeräusche der Rechenmaschine übertönte, war leise Musik aus dem Radio. Die blonden Haare trug sie zu einem Zopf geflochten, welcher über ihre linke Schulter hing. Nur der luftige Stoff eines kornblumenblauen Sommerkleides verhüllte ihren Körper. Mit ihren nackten Füßen spielte sie unter dem kleinen Computertisch, an der Bassreflexbox der Audioanlage des Rechners. Auf der Suche nach einem Subnotebook war sie bei eBay eingeloggt. Da sie es nur zum Schreiben und für das Internet verwenden wollte, musste es kein teures Gerät sein. Eine Auktion für ein Notebook, welches ihren Vorstellungen entsprach, würde in 15 Minuten auslaufen. Für einen Moment erhob sie sich, um aus dem weit geöffneten Fenster auf die Straße zu schauen. Das Licht des Tages begann langsam, der Dunkelheit zu weichen. Es waren nicht sehr viele Menschen unterwegs. Eine alte Frau führte ihren Hund aus, weiter entfernt spielten sich zwei Jungen einen Ball zu. Als sie wieder Platz nahm, stand die Auktion bei 276,45 Euro. Ihr Preislimit lag bei 320 Euro, sie musste es nicht ausreizen und bekam den Wunsch ihrer Träume für 299,90 Euro. Mit einem Ausgelassenen:»Ja, ja, jaaaa«, meldete Dany sich bei eBay ab. Ihren Triumph krönte sie, in der Küche stehend, mit einem Glas Prosecco. Ungefähr eine halbe Stunde später, nahm sie wieder vor dem Computer Platz, tauschte die Zahlungsinformationen mit dem Verkäufer aus und überwies den Kaufbetrag online. Nachdem sie alles erledigt hatte, ging sie duschen und anschließend ins Bett. Für den nächsten Tag war eine große Besprechung in ihrem Unternehmen geplant, bei der sie nichts wegen Übermüdung verpassen wollte.

Um kurz vor 7 Uhr am Montagmorgen, nachdem sie einen Kaffee und ein Stück Marmorkuchen zu sich genommen hatte, schloss sie die Wohnungstür hinter sich. Ihr Arbeitstag verlief so unspektakulär wie viele andere zuvor. Ein paar Minuten vor Feierabend, meldete sich ihre zwei Jahre nach ihr geborene Schwester Susanne per Telefon, um einen Gesprächstermin für den Abend zu vereinbaren.

Pünktlich um 18:30 Uhr, stand sie vor Danielles Tür. »Stell dir vor, ich habe jemanden kennengelernt«, sagte sie freudestrahlend beim

Betreten der Wohnung. »Erzähl mir alles!«, verlangte Dany mit neugieriger Heiterkeit. Susanne setzte sich ins Wohnzimmer. »Kann ich dir was anbieten?«, rief Danielle aus der Küche. »Ja Cola, wenn du hast.« Die Gastgeberin gesellte sich mit einer großen Flasche des gewünschten Getränkes und zwei Gläsern zu ihrer Schwester. »Es war fast wie im Traum«, begann Susanne. »Am Samstag war ich im Real-Markt zum Wochenendeinkauf. Da bemerkte ich einen schwarzhaarigen sportlichen Typen, etwa einen Kopf größer als ich, welcher neben mir am Waschmittelregal stand. Er wusste wohl nicht so recht was er kaufen soll und sprach mich an. Er sei auf der Suche nach einem Waschmittel für Buntwäsche, teilte er mir mit. Ich fragte, was es für Wäsche ist, Baumwolle, Seide, Wolle oder etwas anderes. Baumwolle, soviel er wüsste, sagte er. Ich empfahl ihm, was ich für solche Zwecke auch benutze. Er bedankte sich, sagte er würde sich gerne revanchieren für meine Hilfe und fragte mich, ob ich am Abend schon was geplant habe oder mit ihm ausgehen würde. Ja sagte ich, kommt drauf an, wenn Sie Single sind, mir Ihr Alter, Ihren Namen und außerdem verraten, wo Sie herkommen, wäre es nicht ausgeschlossen. Er stellte sich als 29-Jähriger Single Rainer vor, der in Köln wohnt und als Autohändler sein Geld verdient. Mit was für Autos handeln Sie denn, fragte ich ihn. Dabei dachte ich an die Wald- und Wiesenhändler mit ihren Schrottkisten am Straßenrand. Hauptsächlich mit Fahrzeugen der Marke Ford, als Verkäufer bei einem Vertragshändler des Herstellers, war seine Antwort. Mir war klar, dass er auch ein Nachfahre der Gebrüder Grimm hätte sein können, aber diese Gedanken kaschierte ich mit seiner makellosen Erscheinung. Meine Bettwäsche roch auch schon viel zu lange nur nach mir selbst, so tauschten wir die Telefonnummern und verabredeten uns für 20 Uhr. Abholen lassen wollte ich mich trotz aller Begierde dennoch nicht gleich von ihm, so vereinbarten wir die 'Bar Orange' in der Innenstadt. Als ich ankam, stand er schon vor der Tür und hatte eine Rose in der Hand, welche er mir überreichte, als er mich begrüßte. Das fand ich sehr romantisch und dachte, wenn das so weitergeht, wache ich morgen bestimmt nicht wieder alleine auf. An einem Tisch, etwas entfernt vom allgemeinen Stimmengewirr, kamen wir uns näher. Er berichtete von seiner Familie und seinem Bruder, der 4 Jahre älter ist als er und als Friseur arbeitet.« »Macht der auch Damenfrisuren?«, unterbrach Dany aufgeregt die Ausführungen ihrer Schwester. »Ja macht er! Das wollte ich auch sofort wissen! Ich erzählte ihm, dass ich öfters joggen gehe und schon hatten wir eine Gemeinsamkeit gefunden. So um halb zwölf musste ich mal kurz gähnen, sagte ihm, dass ich prima Kaffee zu

Hause habe, und fragte ihn, ob er den mal probieren will. Kurz nach Beginn des neuen Tages, saßen wir auf meinem Sofa und rührten den Muntermacher in den Tassen vor uns um. Ich spürte das bald aller Kaffee der Welt meine Augen nicht mehr am Zufallen hindern würde. Ohne viele Worte half ich ihm deshalb, sich seiner zu eng gewordenen Hose und dem Rest der Kleidung zu entledigen ...« Susannes Schwester kicherte. »Da werden Erinnerungen an meine Bekanntschaften in mir wach. Wie ist es weiter gegangen?« »Am Sonntag haben wir ausgeschlafen, waren kurz was essen und sind dann wieder in meine Wohnung gegangen. Wir haben fast den ganzen Tag die Matratze strapaziert. Das hatte ich mal wieder gebraucht, wie einen Defibrillator nach einem Herzstillstand. Er hat mich heute angerufen und gefragt, ob ich am Donnerstag Zeit habe. Ich hab natürlich ja gesagt, ob es die Art von Liebe ist, die man meistens nur einmal, aber garantiert nicht oft im Leben findet, wird sich zeigen, wäre aber gut möglich.« »Na dann wünsche ich dir viel Glück Schwester«, sagte Danielle wohlwollend. »Wie sieht es mit deinen Herzensangelegenheiten aus?«, erkundigte sich Susanne. »Ach weißt du, ich suche nicht nach einem Partner, wie ein Trinker nach einer neuen Flasche, dazu ist es noch zu früh. Seit ich mich von Frank vor 4 Monaten getrennt habe, genieße ich es erst mal meine Entscheidungen ohne fremden Einfluss zu treffen. Es braucht eben seine Zeit, bis man wieder bereit ist, für eine neue Beziehung!«, antwortete Dany mit einem Augenzwinkern. »Ja genau, lass dich nicht drängen. Ich mach mich wieder auf den Weg«, entgegnete Susanne, stand auf und ging zur Wohnungstür. Im Hausflur verabschiedeten sich die beiden, indem sie sich umarmten und mit den Wangen berührten, wobei sie gleichzeitig Küsse imitierten. Danielle musste sich dabei zu ihrer 1,58 m großen, ebenfalls blonden, schlanken Schwester leicht herunterbeugen.

Als sie die Tür hinter Susanne geschlossen hatte, betrachtete sie sich im Spiegel. Dabei betastete sie ihre leichten Speckansätze an den Hüften. 'Wäre sicher nicht verkehrt, den Fettpolstern den Kampf anzusagen', überlegte Danielle. 'Dass ich 17 cm größer bin, als meine Schwester ist ja noch okay, aber so richtig Fett will ich auf keinen Fall werden', ging es ihr durch den Kopf. Dann schaltete sie den Computer ein und rief ihre E-Mails ab. Der Verkäufer des Notebooks hatte geschrieben, dass das Geld bei ihm angekommen und die Ware auf dem Postweg ist. Dany war froh über diese Nachricht, denn sie träumte schon geraume Zeit davon, bei schönem Wetter auch mal draußen mit dem Computer zu arbeiten.

Bereits in den Mittagsstunden des nächsten Tages erhielt sie eine SMS, worin ihr mitgeteilt wurde, dass eine Sendung für sie bereitliegt. Direkt nach der Arbeit holte sie die ersehnte Ware an einer DHL-Packstation ab. Nach dem Herausnehmen aus dem Automaten, quittierte sie die akkurate Verpackung der Sendung mit einem zustimmenden Liedschlag.

Zu Hause bei einem Kaffee entnahm sie den Inhalt des Kartons. Es war alles vollzählig, komplett und ohne Gebrauchsspuren, genau, wie es der Verkäufer in seiner Beschreibung angegeben hatte. Sie schaltete das Gerät ein, um zu sehen, ob auch technisch alles fehlerfrei funktioniert. Bis auf eine Ausnahme entsprachen die installierten Programme dem Auslieferungszustand. Die Ausnahme war ein Bildbearbeitungsprogramm, welches sie bis zu diesem Zeitpunkt nicht kannte. Danielle öffnete es aber zunächst nicht sondern startete zuerst im Explorer eine Suche nach Bilddateien. Alles was sie dabei fand, waren die Windows Beispielbilder. Die Suche nach Textdokumenten vom Vorbesitzer blieb ebenfalls ergebnislos. Dany war sich sicher, mit dem Gerät einen guten Fang gemacht zu haben. Auf dem Balkon sitzend verband sie sich mit dem Netz der Netze. Bei einem Onlineversand fand sie ein paar Schuhe, wollte sich aber erst später entscheiden, in diese zu investieren. Sie speicherte das Bild von der Vorschau auf der Festplatte und sah sich weiter um. Es kamen noch die Bilder von ein Paar Ohrringen hinzu und von einem Kleid. Als es dunkel wurde, zog sie sich in ihre Wohnung zurück. Vor dem schlafen gehen, legte sie sich auf ihr Bett, um die Bilder auf sich wirken zu lassen, die sie kurz vorher gesichert hatte. 'Da könnte ich ein Hintergrundbild draus machen', dachte sie, als sie das Bild von den Ohrringen betrachtete. Dabei fiel ihr auch gleich das Bildbearbeitungsprogramm wieder ein, welches sie zuvor entdeckt hatte. Als sie es aufrief, kam es zum Absturz. Windows wurde beendet und neu gestartet. Der Rechner fuhr problemlos wieder hoch. Danielle beruhigte sich. Das Programm, welches den Ausfall verursachte, wollte sie löschen, was aber nicht gelang, die Deinstallation wurde mit einer Fehlermeldung beendet. Sie bemühte sich nicht weiter, schaltete das Gerät aus und bettete sich zur Nachtruhe.

Am nächsten Tag, in der Pause, fragte sie einen Kollegen aus der EDV-Abteilung, wie man so ein Problem lösen kann. »Es gibt zwei Möglichkeiten, das Betriebssystem mit der Recovery-Funktion neu installieren oder mit der Windows-Systemwiederherstellung das

System zu einem früheren Zeitpunkt wiederherstellen. Ich würde mal mit der Systemwiederherstellung anfangen, komplett neu installieren kannst du nachher immer noch, wenn es nicht klappt!«, sagte er mit einem Augenzwinkern. Danielle bedankte sich und spendierte ihm einen Kaffee am Automaten.

Als sie nach der Arbeit Heim kehrte, zelebrierte sie ihr Feierabend-Ritual, bei einem Pott Kaffee, legte sie die Beine auf den Couchtisch und genehmigte sich ein Stück Kuchen. Während sie ihr Heißgetränk schlürfte, las sie den Zettel mit den Anweisungen, den ihr Roger aus der IT-Abteilung mitgegeben hatte, um das Problem mit dem neuen Gerät zu lösen. Ihre Zeremonie dauerte an diesem Tag nicht so lange wie üblich, denn sie brannte darauf, zu sehen, ob funktionieren würde, was der EDV-Mitarbeiter ihr empfohlen hatte. Sie schaltete ihr Notebook ein und wechselte zur Systemwiederherstellung. Der Vorbesitzer hatte die Funktion der Wiederherstellung zu ihrer großen Freude nicht deaktiviert und so wählte sie einen Wiederherstellungspunkt zwei Monate vor ihrem Kauf. Nachdem das System zu dem gewählten Zeitpunkt wieder hergestellt war, startete das Bildbearbeitungsprogramm fehlerfrei. Von dem Programm aus steuerte sie das Bild der Ohrringe an, um es zu betrachten. Mithilfe des Programms setze sie den Schmuck vor einen Karibikstrand, welcher mit dem Bildbearbeitungsprogramm geliefert wird. Es dauerte geraume Zeit, bis ihr das Resultat gefiel, schließlich war es aber würdig in ihren Augen, um temporär als Desktophintergrund zu dienen. Die erfolgreiche Beendigung ihrer ersten Arbeit stachelte ihre Kreativität an. Sie sah alle Menüpunkte des Programms durch und kam irgendwann zu dem Eintrag: 'Datei → Zuletzt geöffnet ▸' Darin fand sie ihre Dateien wieder und es waren noch mehr Einträge in der Liste. Sie klickte eine Datei mit dem Namen 'Ende.xcf' an. Unvermittelt legte sie ihre rechte Hand vor den Mund und ihr Puls beschleunigte sich. Eine Frau, die scheinbar dem Leben entflohen war, lag nur mit einem Slip bekleidet auf einem Doppelbett. Die Augen weit aufgerissen starrte sie ins Leere. Neben ihr auf dem Nachttisch präsentierten sich die Fluchthelfer, mehrere Schachteln von Medikamenten und eine halb volle Wodka Flasche. Als Dany sich gefasst hatte, suchte sie nach weiteren Zeugnissen des Geschehens. Sie wurde fündig, es gab Bilder von der Frau aus einer Zeit, zu der sie der Lebensmut offensichtlich noch nicht verlassen hatte. Danielle schätzte sie auf Ende zwanzig, Anfang dreißig. Die Unbekannte hatte eine schwarze Pagenfrisur, einen sportlichen Körper und durchdringende dunkle Augen. Auf einem der Bilder war sie mit Reitstiefeln und Reitpeitsche in herrischer Pose zu sehen. Dany verband ihren Computer mit dem Internet und suchte im Ort des Verkäufers nach bekannt gewordenen Suizidfällen, jedoch ohne Erfolg. Kurz vor Mitternacht, schaltete sie das Gerät aus, legte sich ins Bett und versuchte Schlaf zu finden, welchen ihr die Bilder hinter ihren Augen lange verwehrten.

Morgens, während sie ihren Kaffee trank, überlegte sie, wie sie mit dem Verkäufer, ohne mit der Tür ins Haus zu fallen, in Kontakt kommen kann. Bevor sie zur Arbeit ging, fragte sie ihn per E-Mail, ob er der Erstbesitzer des Gerätes ist. Die Stunden im Büro kamen ihr wiedermal endlos vor, sie fieberte der Antwort entgegen und beeilte sich nach Feierabend, mehr als gewöhnlich, Heim zu kommen.

Zu Hause angekommen schaltete sie eilig den Computer ein und rief die Mails ab. Der Verkäufer hatte geantwortet. Er schrieb, dass er das Notebook von seinem Bruder geerbt hat und es seither bei ihm als Staubfänger diente. Danielle ließ die Wissbegierde nicht mehr los und sie fragte erneut per Mail, ob sie mit ihm reden kann und wenn ja, wann es möglich ist. Tags darauf erhielt sie sein Feedback. Der Verkäufer teilte Dany mit, dass er am kommenden Samstag ab 16 Uhr Zeit für ein Gespräch hat.

Nach Tagen der Nervosität, in denen Danielle seit Langem wiedermal Schlaftabletten einnahm, um zur Ruhe zu kommen, war es endlich soweit. Sie setzte sich in ihren Ford Ka und fuhr die fast 150 km zur angegebenen Adresse. Ihr Navigationsgerät führte sie zu einem größeren frei stehenden Haus. Die Gegend mit den vielen gepflegten Eigenheimen vermittelte einen gehobenen sozialen Status. Sie betätigte die Klingel am Gartentor und sagte ihren Namen, woraufhin der Türöffner den Weg durch das kleine Tor freigab. Nach ein paar Metern durch einen adretten Garten kam sie zur Haustür, die bereits offen stand. Ein stämmiger Mann mit grau meliertem Haar füllte den Türrahmen, er reichte Dany die Hand und stellte sich vor. Wilhelm Müller bat Danielle ins Haus. Nachdem sie sich ihrer leichten schwarzen Stoffjacke entledigt hatte, führte er sie ins Wohnzimmer. Wilhelm bot Danielle Erfrischungsgetränke an, sie entschied sich für ein Glas Wasser. »Also worum geht es denn? Es muss ja schon wichtig sein, wenn Sie sich einen so weiten Weg machen«, eröffnete er das Gespräch. Dany holte das Notebook aus ihrer Tasche und zeigte ihm die Bilder, wobei sie ihm erklärte, wie sie dazu gekommen war. »Ich habe diese Frau noch nie vorher gesehen«, sagte Wilhelm, wobei er den Kopf schüttelte. »Wissen Sie«, fuhr er fort, »so einen engen Kontakt pflegte ich zu meinem Bruder nicht. Wir haben uns nur zwei, dreimal im Jahr gesehen, wenn überhaupt. Ich dachte in seinem Leben läuft alles glatt, bis vor einem Monat die Polizei vor der Tür stand und mir mitteilte, dass er Selbstmord begangen hat.« »Das tut mir Leid«, sagte Danielle mitfühlend. »Ich wollte Sie nicht in ihrer Trauer stören!« »Schon gut, das konnten Sie ja nicht wissen und schließlich war es seine Entscheidung, warum auch immer.« »Hatte er Familie?«, forschte Dany weiter. »Nein er war einer von den Singles, von denen es mittlerweile so viele gibt. Nach einer längeren Beziehung und auch ein paar Affären war er zum Schluss mit seinen 36 Jahren auf sich gestellt. Jedenfalls hat sich niemand gemeldet, nachdem ich die Traueranzeige in die Zeitung setzte. Er hat sich übrigens in seinem Keller erhängt. Die Nachbarn sind wegen des Geruchs darauf gekommen. Einen Abschiedsbrief oder so was in der Art hat er nicht hinterlassen, die genauen Gründe für seine Tat, hat er mit ins Grab genommen. Wegen der Frau, von der er Bilder auf dem Computer hatte, kann ich Ihnen leider auch nicht weiterhelfen. Die Aufnahmen könnte mein Bruder von überall her bekommen haben, aus dem Internet zum Beispiel. Ob es sich dabei tatsächlich um einen Suizid handelt, ist schwer zu sagen, die Film- und Fotobearbeitungsmöglichkeiten sind enorm heutzutage. Wenn es Sie sosehr beunruhigt, fragen Sie doch mal bei der Polizei, ob die sich der Sache annehmen wollen.« Dany bedankte sich für die Auskünfte und trat den Heimweg an.

Während der Heimfahrt kam Danielle zu dem Entschluss, die Polizei vorerst nicht zu bemühen. Was sollten die Beamten auch von ihr denken? In der Tat könnten die Bilder aus einem Film-Trailer stammen, oder sonst wo abfotografiert oder kopiert worden sein.

Wieder in Köln, ließ sie sich ein Bad ein und versuchte sich zu entspannen. In der Wanne liegend lächelte sie über sich selbst, musste sie erst der Verkäufer daran erinnern, wie viele Leichen jeden Abend im Fernsehen die Probleme dieser Welt manifestieren. Trotz allem war sie erleichtert, die Bilder der Unbekannten hatten an Gewicht verloren. Dennoch blieb der Wunsch in ihr, mehr über diese Frau zu erfahren. Daher nahm sie sich vor, noch mal im Internet darüber zu recherchieren, allerdings nicht im Zusammenhang mit tatsächlichem Selbstmord, sondern Filmen zu dem Thema. Den Rest des

Abends verbrachte Danielle vor dem Fernseher mit einer Flasche Wein.

Am Sonntag suchte die strapazierte Notebookbesitzerin anfänglich in Hausarbeit Zerstreuung. Da sie aber seit der Trennung von ihrem Freund mehr Zeit zur Verfügung hatte, gab es genau genommen nicht viel zu tun. Nach einem Spaziergang beschäftigte sie sich mit einem Puzzle, welches sie zum Geburtstag von ihrer Schwester bekommen hatte. Recht zügig setzte sie alle Teile zusammen. Für das Resultat, eine Orchidee in Urwaldumgebung suchte sie gedanklich einen Platz an den Wänden. Letztendlich fand sie das Bild aber doch ungeeignet zur dauerhaften Anwesenheit im Wohnraum und verstaute es in einem Schrank. In den folgenden Stunden belagerte Dany den Fernseher, denn die Farbe des Himmels kündigte in absehbarer Zeit erhöhte Luftfeuchtigkeit an.

Die neue Woche im Büro begann für Danielle wie schon so viele zuvor. An ihrem Schreibtisch sitzend überlegte sie, ob sie jemandem aus dem Kreis der Kollegen die Geschichte von dem Notebook erzählen soll. Da es aber niemand in Reichweite gab, mit dem sie wesentlich mehr als das Arbeitsverhältnis verband, entschied Dany besser den Mund zu halten. Es lag schließlich auch nicht in ihrem Sinn, bei den anderen den Eindruck zu erwecken, hysterisch zu sein. Auf dem Weg nach Hause kaufte Danielle ein paar Kleinigkeiten, um ihren Kühlschrank zu füllen.

Nach einer kurzen Pause begann Dany das Bad ihrer Wohnung, zu reinigen. Da klingelte ihr Telefon, Susanne erkundigte sich nach ihrem Befinden und hatte ebenfalls Neues zu berichten. »Der Rainer hat mich gefragt, ob ich mit ihm zusammenziehen will und dann habe ich auch noch die Pille vergessen.« Die Story vom neuen Notebook fand sie total aufregend und wollte sich die geheimnisvollen Bilder bei nächster Gelegenheit ansehen. »Du kannst mich gerne gleich besuchen, wenn es dir keine Ruhe lässt, dabei könntest du mir Kaffeesahne mitbringen, die habe ich beim Einkauf vergessen!«, sagte Danielle. »Das geht leider nicht, ich muss noch was für morgen vorbereiten. Wenn ich Glück habe, wird es nicht allzu spät dabei. Ich melde mich so schnell wie möglich wieder bei dir. Also bis die Tage«, erwiderte Susanne, bevor sie das Gespräch beendete. Vor dem zu Bett gehen stöberte Danielle in ihrem Zimmerpflanzenbuch, ein Gummibaum, mit dem sie schon lange ihr Leben teilte, fühlte sich offensichtlich nicht mehr wohl und warf ein Blatt nach dem anderen ab. Sie beschloss einen größeren Topf, neue Erde und Spezialdünger zu besorgen, denn sie wollte die Pflanze nicht kampflos aufgeben. Gelegentlich träumte sie davon irgendwann einen kleinen Garten zu besitzen, mit genügend Platz für all die Gewächse, die sie unmöglich in ihrer Wohnung unterbringen konnte.

Am Mittwochabend entsorgte Dany ihren Rest-Müll, mit dessen Trennung sie es nicht immer so genau nahm. Auf dem Weg zurück in die Wohnung meldete sich ihr Mobiltelefon. Susanne rief an und wollte wissen, ob sie Interesse hat, sich am kommenden Samstag um 17 Uhr mit ihr und Rainer im 'Hard-Rock-Café' zu treffen. Die Gelegenheit, ein Bild ohne rosarote Brille von dem neuen Freund ihrer Schwester zu erhalten, wollte sie sich keinesfalls entgehen lassen.

Den Samstagvormittag verbrachte Dany in den Geschäften der Innenstadt. Dieses Mal sollte ihr das Bummeln durch die Läden auch dabei helfen, auf andere Gedanken zu kommen. Die beiden Abende zuvor hatte sie damit zugebracht, sich im Internet ausgiebig über die Abgründe der menschlichen Seele zu informieren, speziell über den Freitod. Auf Angaben über einen Film, zu dem die Bilder der Unbekannten auf ihrem tragbaren Computer passen könnten, stieß sie jedoch nicht. In Bilderportalen wurde sie ebenfalls nicht fündig. Die schier unüberschaubare Zahl der verfügbaren Fotos veranlasste sie schließlich, ihr Unterfangen aufzugeben. Ein schwarzrosa gemustertes Baumwollkleid, mit großzügigem Ausschnitt, zu einem akzeptablen Preis, verbesserte ihre Gemütslage deutlich. Sie fand es ideal für das Treffen, welches später, mit ihrer kleinen Schwester stattfinden sollte, um eine indirekte Frage damit zu stellen. 'Hat er wirklich nur Augen für Susanne?'

Danielle war etwas vor dem Termin am verabredeten Platz, da noch reichlich Zeit bis zur Ankunft von Susanne und Rainer blieb, holte sie ihr handliches Notebook aus der Tasche, schaute nach neuen E-Mails und Lastminute Urlaubsangeboten. Als die beiden eintrafen, klappte sie das Gerät zu und schob es beiseite. Susanne stellte Danielle und Rainer einander vor. Sie unterhielten sich über ihre Zukunftspläne, ihre Familienmitglieder und Hobbys. Als Rainer dem Drang überschüssiges Wasser los zu werden nachkam, sagte Danielle schmunzelnd: »Bei dem hätte ich wahrscheinlich auch die Pille vergessen!« Susanne wurde rot und lachte. »Wir haben uns heute Morgen zwei Wohnungen angesehen, weil Rainer es so wollte. Ich halte ihn aber erst mal mit dem Zusammenziehen hin, bis ich weiß, ob ich schwanger bin. Dann bräuchten wir ja ohnehin eine größere Wohnung.« Als Rainer wieder den Gastraum betrat, legte Susanne ihren rechten Zeigefinger auf den Mund und warf Dany einen konspirativen Blick zu. Danielle nickte leicht und presste ihre Lippen aufeinander, um sich zu beruhigen. Rainer zeigte, während er sich setzte, auf Danys Computer und fragte: »Ist es das Notebook mit den geheimnisvollen Bildern?« »Ja«, antwortete Danielle, klappte das Gerät auf, wählte die Bilder an und schob es zu ihm hin. »Kurz nach der ganzen Geschichte, habe ich mich geärgert und gedacht, hätte ich mir lieber gleich ein neues Notebook gekauft. Ich bin nicht abergläubisch, aber das es eine Verbindung zu möglicherweise zwei Selbstmorden ist, daran muss ich bis jetzt immer denken, wenn ich es benutze.« »Glaubst du, die haben sich umgebracht, weil das Teil so langsam ist?«, fragte Rainer provokant.

Nachdem das allgemeine Gelächter verstummt war, antwortete Dany: »So ein Subnotebook verwendet man ja nicht für aufwendige Spiele, davon abgesehen, habe ich die Prozessorgeschwindigkeit gedrosselt, damit der Akku länger hält. Ich nutze es hauptsächlich zum Schreiben und fürs Internet und dafür reicht es allemal! Der Erstbesitzer hatte laut dem Verkäufer auch keine ansteckenden Krankheiten, hab ihn extra gefragt.« Plötzlich wurde Rainer ernst und sagte: »Ich glaube ich habe die Frau schon mal gesehen. Vor circa anderthalb Jahren kam ein Pärchen zu uns ins Autohaus, um sich einen Geländewagen anzusehen. Sie hatten beide einen osteuropäischen Akzent. Ich erinnere mich an die Frau wegen ihrer außergewöhnlichen Augen. Ich fragte sie, ob ich behilflich sein kann. Wenn ich dich brauche, rufe ich, sagte sie mit einem spöttischen Lächeln. Der Kunde ist nun mal König und deshalb, habe ich nur genickt und mich dezent entfernt. Das Auto, mit dem die beiden gekommen waren, habe ich nicht gesehen, so blickte ich mich aus dem Fenster heraus auf dem Hof genau um, aber da standen nur unsere Autos. Die beiden sahen sich einen M-Klasse-Mercedes an, den einer unserer Kunden in Zahlung gegeben hatte. Als ihre Neugierde fürs Erste befriedigt war, griff die Frau zu ihrem Mobiltelefon, kurze Zeit später stand ein älterer Jaguar auf dem Hof, in den die beiden hinten Einstiegen. Das Fahrzeug besaß ein rumänisches Kennzeichen, mehr habe ich mir nicht gemerkt.« »Na immerhin ein Anhaltspunkt«, sagte Danielle. Rainer öffnete den Explorer, um im Kontextmenü über die Bildeigenschaften nach erweiterten Dateiinformationen zu suchen. Den Bildern waren keine weiteren Informationen zu entnehmen. Die EXIF-Daten, in welchen Details zum Bild, sowie weitergehende Informationen, wie zum Beispiel der Kameratyp festgehalten werden, waren unvollständig. »Das lässt darauf schließen, dass der Verstorbene, dem das Notebook zuerst gehörte, die Bilder nicht selbst aufgenommen hat, oder die Informationen absichtlich aus den Dateien entfernt wurden«, erklärte Rainer. »Ja ich weiß«, begann Dany. »Ich habe in Erfahrung gebracht, dass man auf solche Daten als Beweismittel nicht viel geben kann. Es gibt zahlreiche Programme, mit denen man diese Angaben manipulieren kann. Selbst wenn die Daten vollständig vorhanden sind, müssen sie trotzdem nicht zwangsläufig stimmen.« Die Zeit war vorangeschritten, weshalb die drei ihre Rechnung beglichen. Vor der Tür lud Susanne ihre Schwester ein mit ins Kino zu kommen, was diese erfreut annahm. Die Entscheidung fiel für eine Komödie. Als die Vorstellung um 22:30 Uhr beendet war, trennten sie sich vor dem Lichtspieltheater. Danielle fuhr nach Hause und sah sich noch einen Horrorfilm im Fernsehen an, bevor sie sich dem Reich der Träume anvertraute.

Die Stunden in der zweiten Hälfte des Sonntags plante Dany für das Schwimmbad ein, bei Temperaturen nahe 30 Grad, wollte sie nicht den ganzen Tag zu Hause sitzen. Auf einem von Bäumen überdachten Platz, nahe dem Wasser, vertiefte sie sich nach einem ausgiebigen Bad in einen Krimi, als sie jemand auf die linke Schulter tippte. Es war Tina ihre alte Schulfreundin. Ihr Anblick machte Danielle klar, dass die letzte Begegnung schon weit zurücklag. »Hi wie geht es dir? Bist du in Begleitung hier?«, fragte Tina, während sie sich neben Dany setzte. »Nein bin ich nicht, weil ich momentan wieder solo bin. Es geht mir auch ohne Partner ganz gut!«, antwortete Danielle mit einem entspannten Lächeln und einem Augenzwinkern. Sie erzählte die Geschichte ihrer Trennung und die Erlebnisse der letzten Zeit. Tina berichtete, was sich inzwischen in ihrem Leben ereignet hatte, dass sie zwei Kinder hat, Anne 3 Jahre, Paul 1,5 Jahre und verheiratet ist, seit 3,5 Jahren. Sie deutete aufs Planschbecken und zeigte Dany ihren Mann und ihre beiden Kinder. »Willst du dich nicht mit zu uns legen?«, fragte sie im Anschluss. Danielle lehnte dankend ab und schlug vor: »Wir können bei Gelegenheit ja mal was gemeinsam machen.« Nach dem Tausch der E-Mail-Adressen schloss sich Tina wieder ihrer Familie an. Dany las noch eine Weile weiter in ihrem Krimi, dann verstaute sie den Schmöker, drehte sich auf die Seite und sah dem Treiben im Wasser zu. Sie musste an ihre Schwester denken und stellte sich vor, dass sie möglicherweise bald Tante sein würde. Die Sonne hatte schon deutlich an Kraft verloren, als sie sich für den Heimweg vorbereitete.

Im Schlaf der folgenden Nacht wurde sie von einem Albtraum geplagt. Sie sah die Unbekannte von den Bildern auf ihrem Computer, wie sie nachts alleine, mit einem Negligé aus perlmuttfarbener Glanzseide, welches den Po nicht ganz bedeckte und farblich dazu passendem Slip bekleidet, einen ausgefahrenen Waldweg entlanglief. Durch die Wipfel der Bäume drang, mal mehr mal weniger, das Licht des Mondes. Nach einer Weile erreichte die Fremde einen Bergsee. Das Wasser des Sees war spiegelglatt. Sie setzte sich an den felsigen Rand des Gewässers und ließ ihre Beine im Wasser baumeln. Minuten später stand sie auf, legte ihre spärliche Kleidung ab und sprang ins Wasser. Nachdem sie ein wenig geschwommen war, kam sie zurück an Land. Ihr gegenüber erhob sich zu einer Seite des Gewässers eine schroffe Felswand. Die Unbekannte ließ ihre Wäsche zurück und machte sich auf den Weg die Felswand zu erklimmen, wobei ihr ein Trampelpfad entgegen kam. Kurz später stand sie in circa 10 Meter Höhe über dem See. Die Fremde konzentrierte sich offensichtlich darauf vom Felsen aus ins Wasser zu springen und tat es Sekunden später auch. Kaum war sie abgesprungen, verschwand das Wasser schlagartig und die Unbekannte stürzte in ein wohl zwanzig Meter tiefes Felsloch. Das Mondlicht machte ihren Körper einigermaßen gut sichtbar, als sie, mit dem Gesicht nach unten, aufgeschlagen, liegen blieb. Glitzernd begann eine dunkle Flüssigkeit ihren Leib zu verlassen, da kehrte das Wasser zurück. Einen Augenblick später glaubte Danielle in ihrem Traum zu fühlen, wie jemand sie von hinten umarmt. Die Empfindung war so intensiv, dass sie davon erwachte. Vorsichtig schaute sie sich um, stellte aber fest, dass ihre Wahrnehmung doch nicht real war und nur ihr eigener Schatten das Schlafzimmer mit ihr teilte. Sie stand auf und ging in die Küche. Es war halb drei morgens. Sie sah aus dem Fenster, der Himmel hatte seine Schleusen geöffnet. Das kalte Licht der Straßenlampen spiegelte sich auf dem nassen Asphalt, über den der Wind den Regen peitschte. Dany wollte nicht zurück in diesen Traum, der so aufreibend war. Zur Beruhigung bereitete sie sich einen Tee mit Honig zu. Um nicht auf einem Küchenstuhl einzuschlafen, trank sie ihn im Stehen, bevor sie ihr einsames Nachtlager wieder aufsuchte. Nach ein paar Stunden traumlosen Schlafes sorgte ihr Wecker für genügend Zeit, den Arbeitsplatz zu erreichen.

14

Eine neue Kollegin

Nach ihrer Ankunft im Büro am Montagmorgen bereitete Danielle sich erst mal einen starken Kaffee zu, um die Restmüdigkeit zu besiegen. Gerade hatte sie mit ihren Schreibarbeiten begonnen, da kam ihr Chef in Begleitung einer jungen Frau, die er als Silke Kaufmann vorstellte. Dany sollte sie in ihre Aufgaben als Sachbearbeiterin einarbeiten, weshalb sie den Platz ihr gegenüber zugewiesen bekam. Silke zeichnete sich durch braune schulterlange Haare, blaue Augen und sportliche 1,67 m aus. Sie erzählte, dass ihr vorheriger Arbeitgeber es nicht schaffte, im harten Wettbewerb zu bestehen, woran Silke sich aber keine Schuld zuschrieb. In den Pausen tauschten sich Danielle und ihre neue Kollegin mehr und mehr über persönliche Dinge aus. Dabei stellte sich heraus, dass auch Silke keinen festen Partner hatte. Vor mehr als einem Jahr ging ihre Beziehung in die Brüche. Die anschließende Suche nach einem zur Heirat geeigneten männlichen Gegenstück blieb bisher ohne Erfolg. »Mit 27 muss man es ja nicht übers Knie brechen!«, sagte Silke ein wenig melancholisch. »Wie wahr! Geteiltes Leid ist halbes Leid«, pflichtete ihr Dany tröstend bei. »Wir können uns ja zusammentun, bis wir den Richtigen gefunden haben, öfters was gemeinsam unternehmen, Shopping, Disco, Schwimmbad und solche Dinge.« »Ich nehme dich beim Wort«, rief Silke mit unverkennbarer Begeisterung in der Stimme.

In den folgenden zwei Wochen entwickelte sich ihre Freundschaft weiter, so kam es, dass Silke einen gemeinsamen Urlaub vorschlug. Bei Danielle löste dieser Einfall Entzücken aus. An einem Freitagabend suchten sie das Internet gemeinsam nach passenden Angeboten ab. Strand, Land und Leute, waren ihre Kriterien. Das Unterbewusstsein, indem noch immer die Unbekannte herumgeisterte, welche sie lange in Atem gehalten hatte, führte Dany zu Urlaubsangeboten aus Rumänien. »Das ist sie, das ist sie!«, schrie Danielle plötzlich und zeigte mit dem ausgestreckten rechten Zeigefinger auf das Display. Auf einer Internetseite war eine Frau zu sehen, die der von Danielle solange gesuchten aufs Haar glich, ihr Name war mit Valeria Deri angegeben. Es handelte sich bei der Seite um ein Urlaubsangebot, welches allerdings speziell auf Anhänger des Mittelalters abzielte. Es wurde darin versprochen, dass Lebensgefühl und die Magie aus jener Zeit eindrucksvoll erleben zu können. »Da müssen wir hin! Was hältst du davon?«, fragte Dany in begeisterter Aufregung ihre Freundin. »Hm, na ja, das Angebot ist aber mehr so eine Art verlängertes Wochenende. Wenn ich schon so weit reise, möchte ich mindestens eine ganze Woche oder besser noch länger dort bleiben. Davon abgesehen war das Lebensgefühl jener Zeit nicht in jeder Hinsicht angenehm, zumindest für die nicht, welche ihr Leben auf dem Scheiterhaufen ausgehaucht haben«, erwiderte Silke. Danielle musste schmunzeln. »Wir sind doch keine Hexen! Wovor sollten wir uns fürchten?«»Vor der Intoleranz zum Beispiel. Ich meine, wie viele der armen Wesen die in einem Freudenfeuer verbrannt wurden, haben denn nach heutigen Maßstäben etwas verbrochen? Als Hexe oder Hexer ist doch keiner von denen auf die Welt gekommen. Aber es ist nicht so, dass ich Angst habe, auch wenn sich die Veranstalterin möglicherweise umgebracht hat. Das uns dort ein paar Psychopathen etwas antun ist unwahrscheinlich, auch wenn ein Restrisiko bleibt, welches die Spannung erhöht. Diese Zeit interessiert mich einfach nur nicht besonders, deswegen würde ich gerne woanders nächtigen. Wenn es dir so wichtig ist, können wir ja einen Tagesausflug dorthin machen und uns dabei ein bisschen umsehen. Vielleicht lebt die Valeria ja noch, weil sie die Tabletten nur wegen Schlafstörungen genommen hat oder es ist doch nicht dieselbe wie auf deinen Bildern. Wie auch immer, wir können ja versuchen es herausfinden. Du schreibst einfach eine E-Mail und wartest auf Antwort. Die Adresse notieren wir auch gleich und sind damit bestens vorbereitet«, antwortete Silke. »Hört sich vernünftig an«, bemerkte Dany und verfasste umgehend eine E-Mail an Valeria Deri. Bei der weiteren Suche fanden die beiden eine Offerte in einem Badeort am Schwarzen Meer, unweit der Ortschaft Manghalia im südlichen Rumänien. »Ich finde es ganz reizvoll! Wäre es für dich auch okay?«, wollte sie von Silke wissen. »Warum nicht, ist mal was anderes. Wenn die Bilder und die Informationen stimmen, kann es ein richtig schöner Urlaub werden!« Die beiden buchten 12 Tage im Hotel Monrovia in direkter Strandnähe.

Die Nachricht, welche Dany in den folgenden Tagen noch mehrfach versuchte an Valeria Deri zu senden, blieb wegen Überfüllung von Valerias E-Mail-Postfach stets unbeantwortet.

Zwei Wochen später, am Dienstagnachmittag der 3. Augustwoche 2008, standen Danielle und ihre Freundin im Hotel am Empfang und nahmen ihre Zimmerschlüssel entgegen. Nachdem sie ihre Sachen in ihrer Unterkunft deponiert, sich umgezogen und einen kleinen Imbiss genommen hatten, begaben sich die beiden auf direktem Weg zum Strand. Ein Stück liefen sie durch den goldgelben feinen Sand. Dann steuerten sie einen Sonnenschirm mit zwei freien Liegen darunter an, da sie sich den Urlaub nicht gleich am Anfang durch einen Sonnenbrand verderben wollten. Einen Augenblick später waren sie auf dem Weg ins Wasser. Silke machte den Vorschlag um die Wette zu schwimmen, Danielle gab sich keine Blöße und willigte ein. Nach zweihundert Metern konnte Silke nicht mehr mithalten und schnaufte: »Okay, okay, du hast gewonnen lass uns umkehren.« Auf dem Rückweg, nicht sehr weit entfernt vom Ufer kollidierte Dany mit einem Schnorchler. Das amphibische Wesen erhob sich aus dem Wasser und entschuldigte sich. »Schon gut, es ist ja nichts passiert«, linderte Danielle seine Aufregung. »Na wäre der nichts für dich?«, fragte Silke, nachdem sie das Wasser verlassen hatten, wobei sie auf den Schnorchler wies, der bis zum Bauch im Wasser stand. »Nicht unbedingt, der trug einen Ehering. Ich habe keine Lust, die zweite Geige zu spielen. In Bezug auf einen Partner lautet meine Devise ganz oder gar nicht. Das heißt aber nicht, dass ich deswegen eine Ehe wissentlich zerstören würde, schließlich gibt es ja genügend männliche Singles«, antwortete Dany. Zurück auf ihren Liegen, wirkten sie der vorzeitigen Hautalterung mit Lichtschutzfaktor 20 entgegen, da sie ihr Sonnenschirm nur nach oben hin vor UV-Strahlen zu schützen vermochte. Danielle hatte ein paar von den Büchern dabei, welche sie schon lange lesen wollte, und begann mit einem Liebesroman. Silke vertiefte sich in ein Fitnessmagazin. Eine gute Stunde später legte Silke ihre Lektüre beiseite und sagte: »Ich hol uns mal was zu trinken.« In ihrer Abwesenheit sah sich Danielle, auf ihrer Liege sitzend um. Am Wasser spielten ein paar Kinder im Sand, weiter draußen zog ein Bananenboot mit ausgelassen kreischenden Urlaubern seine Runden. Mit einem Sixpack Bier kehrte Silke nach ein paar Minuten zurück. »Wir müssen es trinken, bevor es zu warm wird«, rief sie grinsend. »Kein Problem, es sind ja nur ein paar Meter bis zum Hotel, die kannst du mich ja notfalls tragen«, erwiderte Danielle schmunzelnd. »Zum tragen ist es schon ein bisschen weit! Gegebenenfalls borge ich mir eine Sackkarre, um dich zu transportieren. Das gibt dann auch gleich ein paar tolle Urlaubsfotos«, entgegnete Silke und begann zu lachen. Dany kicherte. »Das kann ich mir vorstellen!«

Beim zweiten Bier erkundigte sich Silke: »Hast du hier schon gut aussehende Typen gesehen?« »Wie definierst du denn gut aussehend?«, wollte Danielle wissen. »Ja eigentlich nur nicht übermäßig bauchig und nicht doppelt so alt wie ich. Mit den Schönlingen habe ich keine guten Erfahrungen gemacht, also was den Sex anbelangt meine ich. Die sind oft zu sehr verwöhnt, weil sie genügend Chancen haben, und geben sich im Bett keine Mühe, weil sie es nicht unbedingt müssen. Klar, wenn es darum ginge, Kinder in die Welt zu setzen, sollte er schon so gut wie möglich meinem Ideal entsprechen. Das wäre groß, sportlich und der südländische Typ.« »Der südländische Typ ist so ein Mysterium«, konterte Dany. »Ich meine um was geht es da wirklich? Ist es nicht mehr die manjana Mentalität, etwas Rebellisches gegenüber dem deutschen Pflichtbewusstsein, was diese Leute für manch einen so interessant macht? Südländer alleine nützt glaube ich nichts. Schau dir mal die an, die in Deutschland leben, wenn sie nicht gerade asozial sind, haben die sich genauso an die Uhr gewöhnt wie die Deutschen. Mit einem Südländer im Süden leben, zum Beispiel in Spanien, wäre da erheblich konsequenter. Allerdings musst du dann in der Regel auch die Entscheidung treffen, was dir wichtiger ist, Geld oder wenig Stress. Im Moment ist mir das Geld wichtiger, ich weiß aber das sich das mit den Jahren ändern kann. Bei Familienfeiern ging es gelegentlich zu fortgeschrittener Stunde darum. Mein Onkel Herbert, er ist jetzt 46, träumt auch davon, alles stehen und liegen zu lassen. Es hängt damit zusammen, dass er sein Leben lieber mit einem Lächeln auf den Lippen unter einer Palme sitzend ausklingen lassen will, als auf einer Intensivstation an einer Herz-Lungenmaschine.« Silke wirkte nachdenklich, setzte die Flasche an, trank sie in einem Zug aus und rülpste. »Ja genau das meine ich doch. Lass uns Spaß haben und die Jahre der Jugend nicht ungenutzt verschwenden!« »Du hast schon jemanden im Auge?« »Beim Bier holen, ist mir einer über den Weg gelaufen. Er hatte ein Surfbrett unter dem Arm. Er wohnt hoffentlich auch im Hotel. Jedenfalls war es dieser fünf Sekunden Blick, als ich ihm in die Augen sah ...« Danielle schmunzelte. »Ich verstehe, du willst heute Abend an die Hotelbar.« »Ja genau!« »Dann lass uns noch ein wenig schlafen und dabei den Alkohol verdunsten!« Silke drehte sich zur rechten Seite. Dany lag auf dem Rücken. Das Bier und die Müdigkeit von der Reise versetzte Danielle in einen Dämmerzustand, dabei drifteten ihre Gedanken in eine Zeit ab, als Frank noch nicht ihr EX war. Sie erinnerte die Momente, an denen ihre Körper verschmolzen, seine Berührungen, seine Stimme, seine Männlichkeit.

»Willst du hier die ganze Nacht schlafen?«, weckte sie Silke fast zwei Stunden später. »Hmm, nein, nein, gleich«, murmelte Dany, wobei sie sich die Augen rieb. Sie sammelten ihre paar Sachen zusammen und machten sich damit auf den Weg in die Unterkunft.

Im Zimmer suchte Danielle als Erstes das Bad auf. Noch während das Wasser auf sie niederprasselte, drängte sich Silke zu ihr. »Ich wasch dir den Rücken«, bot sie sich an und begann im selben Moment damit. Als Danys Rückseite frei von jeglichen Verunreinigungen war, stellte sich ihre Freundin hinter sie, drückte sich an sie und seifte und massierte die Vorderseite. Danielle spürte, wie sich ihre Brustwarzen unter Silkes Händen versteiften, und atmete daraufhin mehrmals tief ein. Silke steigerte sich, küsste die Schultern ihrer Freundin und ließ ihre rechte Hand zwischen Danys Beine gleiten. Danielle drehte ihren Kopf zur Seite, so, dass sie ihrer Duschpartnerin in die Augen sehen konnte. »Stopp warte mal, ich bin genauso ausgehungert wie du, aber lass uns wenigstens erst mal versuchen ein paar Typen zu finden okay.« Silke biss sie zärtlich in die linke Schulter und hauchte: »Wie du willst Süße.« Dany revanchierte sich und half ihrer Freundin bei der Körperhygiene. Dann verließ sie die Dusche, um sich abzutrocknen. Silke verweilte noch ein paar Minuten unter der Brause, um mit geschlossenen Augen das prickeln und rinnen der Wassertropfen auf ihrer Haut zu genießen. Danielle setzte sich mit einem Bademantel bekleidet in einen Korbsessel auf dem Balkon, die Beine auf dem zugehörigen niedrigen Tisch. Mit nichts weiter als einem kleinen weißen Handtuch, welches sie um die Hüften trug, gesellte sich Silke zu ihr. Dany musterte sie kurz und begann zu lächeln. Silke zündete sich eine Zigarette an und setzte sich mit dem Rücken zur Wand auf den Boden des Balkons. Zwischen ihre weit geöffneten Beine stellte sie den Aschenbecher. Es schien sie nicht zu stören, ihrer Freundin freie Sicht zu gewähren. »Weist du«, sagte sie nach einem tiefen Zug aus der Zigarette. »Ich bin nicht lesbisch, aber auch nicht Prüde. Für den Fall, dass wir keine passenden männlichen Gegenstücke finden, um uns zu entspannen, bin ich für alles offen. Ehrlich gesagt reizt es mich, die Erfahrung zu machen mit einer Frau zu schlafen. Ich möchte einfach wissen was die Kerle dabei empfinden, mit ihrer Zunge den Schoß einer Frau zu erkunden! Es ist ein tolles Gefühl, wenn ein erfahrener Mann das für mich tut und ich komme dabei meistens zu dem, was ich mir wünsche. Leider bin ich nicht gelenkig genug, um es mir auf diese Art selbst zu besorgen.« Danielle warf den Kopf nach hinten und lachte. »Weist du, was ich an dir mag?«, fragte sie dann, um die Antwort unverzüglich selbst zu geben: »Es ist deine offene Art. In meiner Familie habe ich das immer wirklich sehr vermisst. Eine Zeit lang war ich ganz schön ungehalten deswegen, ausgerechnet ich musste solche Eltern haben, die sich nie zwanglos über Sex unterhielten. Später haben sie mir einfach nur noch leidgetan. Ich habe mich damit abgefunden, dass sie nun mal so sind und sich in ihrem Alter bestimmt auch nicht mehr ändern werden. Auf meine bisherigen Aktionen in puncto körperlicher Liebe habe ich keinen Einfluss meiner Eltern zugelassen. Da sie nie offen mit mir darüber gesprochen haben, geht es sie auch nichts an, was ich in dem Bereich mache, das ist nur fair, meine ich. Jetzt denkst du vermutlich, dass ich schon sonst was hinter mir habe. So ist es auch wieder nicht, extreme Sachen habe ich noch nicht probiert. Ich mag auch Männer, die einfühlsam mit Händen und Zunge umgehen können. Es muss auch nicht immer die totale Schmusenummer sein, mit Streicheleien kurz vorm Einschlafen, die man kaum spürt. Bei mir kann es gerne auch mal heftiger zur Sache gehen, ohne das es dabei ins echt brutale ausartet«, beendete Dany ihren Vortrag. »Da sieht man es mal wieder oder besser hört man es mal wieder, so unterschiedlich sind viele Mädels gar nicht in ihren Ansichten zum Sex. Das Beste wird es sein, wenn wir keine Zeit verschwenden und uns gleich nach richtigen Männern umsehen«, sagte Silke, wobei sie sich mit der linken Hand sanft im Schritt streichelte. »Ja machen wir!«, stimmte Danielle ihr zu und begab sich zum Schrank, um sich in orangefarbene Hotpants und ein geripptes hellgrünes ärmelloses stretch T-Shirt zu hüllen, wobei sie auf einen BH verzichtete. Silke wählte ein kurzes enges türkisfarbenes Röckchen und ein orangefarbenes bauchnabelfreies Top mit breiten Trägern. Im Gegensatz zu Dany verzichtete sie auf einen Slip.

Nach dem Abendessen am Hotelbuffet, suchten sie die Bar auf. Der erste Scan der näheren Umgebung mit den Augen, blieb aber ergebnislos, in Bezug auf geeignete Vertreter des starken Geschlechts. So orderten sie beim Barkeeper erst mal Cocktails. Etwa eine Stunde später kamen zwei schlanke südländische Typen im akzeptablen Alter an die Theke. Mit ihren Drinks in den Händen prosteten sie Danielle und Silke aufmunternd zu. Die Mädels vollzogen dieselbe Geste. Daraufhin ergriffen die Männer die Initiative, verringerten den Abstand soweit wie möglich und stellten sich als Bogdan und Corin, wohnhaft in Manghalia vor. Bogdan teilte mit, dass er als Hauswart in einer Wohnanlage beschäftigt ist. Corin gab an in einem Supermarkt zu arbeiten. Die beiden kannten sich seit der Schulzeit und waren Freunde geblieben, die oft ihre freien Stunden gemeinsam gestalteten. Auch Dany und Silke gaben einen kurzen Abriss ihres Lebens. Sie erzählten von anderen Reisen und warum sie diesen Ort zum Entspannen auserkoren haben. Die Geschichte mit Valeria Deri verschwiegen sie den beiden Männern dabei, um nicht ins Fettnäpfchen zu treten und möglicherweise alte Wunden auf zu reißen. Speziell Silke wollte in der vorherrschenden Situation auf keinen Fall einen Stimmungsumschwung herbeirufen und damit ihr greifbar nahes Ziel gefährden. Danielle hatte ein Einsehen und versprach ihrer Freundin unter der Hand, an diesem Abend nichts von Valeria zu erwähnen. Bogdan und Corin hörten den Mädels mit großem Interesse zu. Silke gab die nächste Runde und schlug vor zum Schwimmbecken zu wechseln, denn sie wollte so viele warme Sommerabende und Nächte wie möglich im Freien verbringen.

Der Außenbereich der Ferienanlage war nur noch mäßig frequentiert. Vereinzelt durchbrachen leise Gespräche die Stille der Nacht. Trotzdem wünschte sich Silke noch etwas mehr Abgeschiedenheit, so suchte die kleine Runde den nahe gelegenen Strand auf. Vier Liegen in Kreisform zusammengeschoben, ermöglichten der Gruppe ungestörte Kommunikation. Weil Silke es auf Corin abgesehen hatte, wollte sie ihr Wissen über ihn erweitern. Mit Freude vernahm sie, dass er Single ist und zur Miete in einer eigenen Wohnung lebt. Bogdan erzählte, dass er seit einem Jahr verheiratet ist und bald Vater wird. Um kurz nach 23 Uhr ließ Bogdan durchblicken, dass er gehen muss, da am nächsten Tag viel Arbeit auf ihn wartet. Er verabschiedete sich und verschwand. »Was ist mit dir?«, fragte Silke an Corin gewandt. »Ich muss auch arbeiten, aber erst ab 10 Uhr, wenn der Laden aufmacht.« »Also kannst du noch bleiben?«, forschte Silke weiter. »Ja noch ein wenig«, gab er zur Antwort. »Kommst du noch einen Sprung mit uns aufs Zimmer?«, hakte Silke nach. Mit ernster Miene ergänzte Dany: »Corin ich möchte noch was klarstellen. Wir zwei können Freunde sein mehr nicht!« Corin nickte und suchte Silkes Hand, so gingen sie vom Strand direkt in das Hotel.

Auf dem Weg zum Zimmer küssten sich Silke und Corin mehrmals. Als Erstes nach dem Betreten der Unterkunft, kickten die Mädels ihre Sandalen in eine Ecke. Corins Beinkleid gab seine Gefühle unbarmherzig preis. Danielle schnappte sich einen von Silkes Sixpacks, die Zigaretten und verzog sich damit auf den Balkon. »Gutes gelingen«, sagte sie beim Hinausgehen. Sie setzte sich in Blickrichtung Meer, öffnete ein Bier und ließ es langsam die Kehle hinunter rinnen. »Ho, ho, ho, warte mal, nicht ohne Gummi!«, hörte sie Silke plötzlich protestieren. Dany musste vor sich hin lachen, vermied es aber zu Laut zu sein, um die beiden nicht zu stören. Nach einer halben Stunde verebbten die brünstigen Geräusche allmählich. Etwas später konnte Danielle hören, wie Corin das Zimmer verließ. Kurz, nachdem das Rauschen des fließenden Wassers im Bad verstummt war, erschien Silke nur mit Nachthemd bekleidet auf dem Balkon und griff sich einen alkoholhaltigen Hopfenblütentee. Es war nicht mehr viel Zeit bis Mitternacht und die meisten Lichter im Mikrokosmos des Hotels bereits erloschen. »Wann wird geheiratet?«, fragte Dany feixend. »Spinnst du? Den will ich doch nicht heiraten! Mir stand einfach der Sinn danach es zu tun, als Einstimmung auf die nächsten Tage. Es hat mich befriedigt, ich hatte aber schon besseren Sex. Er ist nicht sehr einfallsreich, hat sich zu wenig um meinen Körper gekümmert. Da gibt es noch so einige Stellen, an denen ich ihn gerne gespürt hätte.« »Willst du ihn wieder sehen?« »Wenn sich nichts Besseres findet, vielleicht. Jetzt gehe ich es aber ruhiger an. Der Erfolgsdruck ist nicht mehr so groß«, sagte Silke mit entspanntem Lächeln. Die beiden tranken ihre Flaschen aus und gingen zu Bett.

Am Tag darauf, nach dem Frühstück, erkundeten die Mädels die nähere Umgebung. Dabei hielten sie speziell Ausschau nach Andenken, Kleidung und Accessoires. Die folgenden drei Tage verbrachten sie mit Standspaziergängen, Relaxen, Baden und gutem Essen.

Am Abend, des dritten Tages entdeckten sie Corin in der Nähe des Tresens wieder. Eine Frau mittleren Alters leistete ihm Gesellschaft. Silke und Danielle setzten sich Abseits von dem Pärchen an einen Tisch mit direkter Nachbarschaft zu zwei älteren Frauen. Sie hörten dem Gespräch ihrer Tischnachbarinnen unfreiwillig zu. Dadurch bekamen sie mit, dass der Corin mit dem Barkeeper in Verbindung steht und dieser ihn offensichtlich informiert, wenn Frauen ohne Begleitung die Bar bevölkern. Über Bogdan erfuhren sie, dass er gelegentlich und ohne feste Zeiten nebenbei Taxi fährt, weshalb er öfters ins Monrovia kommt. »Wer hätte das gedacht?«, sagte Silke, nachdem die Frauen vom Nebentisch gegangen waren. »Bist du jetzt enttäuscht wegen Corin?«, erkundigte sich Danielle bei ihrer Freundin. »Ein bisschen schon, aber ich wollte es ja unbedingt tun an diesem Abend. Immerhin macht er es nicht für Geld, nur zu seinem Vergnügen und dem der Frauen. Bei anderen Urlaubsbekanntschaften ist es genau betrachtet wohl nicht viel anders. Wenn der Urlaub vorbei ist, geht jeder seines Weges und damit hat es sich.

Wenn sich doch was Ernstes ergibt, könnte es, zurück in der Heimat, an weit entfernten Wohnorten scheitern. Aber egal, wir sind ja hergekommen, um Spaß in der einen oder anderen Form zu haben.« »Ja genau«, pflichtete Dany ihr bei und setzte fort, »wenn der Bogdan nebenher Taxi fährt, kennt er sich in der Gegend bestimmt gut aus. Jetzt, da du bekommen hast, was du wolltest, könnte ich ihn mal fragen, ob er die Valeria kennt.« »Was willst du tun? Einfach mal hin fahren, um zu erfahren, warum sie ihre E-Mails nicht abruft?«, forschte Silke. »Warum nicht? Ich sehe sie mir einfach mal an, wenn sie mir sympathisch ist, versuche ich ihr zu erklären, worum es geht. Ich meine, falls sie einverstanden ist und Deutsch oder Englisch kann.« Silke nickte zustimmend. »Ja okay das können wir gerne machen. Jetzt ist es für mich nicht mehr von Bedeutung, ob der Corin irgendwie mit der Valeria verwandt ist oder war. Nur an dem Abend, als wir uns kennenlernten, wollte ich nicht den Eindruck erwecken eine Schnüfflerin zu sein, die sich ungebeten in das Leben anderer Menschen einmischt. Da hätte der Corin auf die Idee kommen können, dass ich mich nur an ihn ranmache, weil ich Informationen aus ihm herausbringen will. In so einem Licht wollte ich auf keinen Fall erscheinen, das wirst du sicher verstehen ... Wie willst du heraus bekommen, wo der Bogdan zu finden ist?« »Wenn er öfters hier ins Hotel kommt, haben die an der Rezeption möglicherweise seine Nummer!« »Kann man nicht ausschließen!«, bemerkte Silke. »Ich gehe mal aufs Zimmer und hole uns eine Flasche Wein für den Sonnenuntergang am Strand. Auf dem Weg erkundige ich mich am Empfang nach ihm.« Danielle leerte ihr Glas und erhob sich. Dann begab sie sich geradewegs zur Rezeption und fragte: »Können Sie mir sagen, wie Bogdan der Taxifahrer erreichbar ist?« Die Rezeptionistin schaute eine Sekunde nachdenklich »Einen Moment bitte!« Sie bewegte sich zu einem Durchgang direkt neben dem Empfang und rief: »Mihai!« Ein Mann mittleren Alters erschien in gepflegter Hotelkleidung. Nachdem er kurz mit der Rezeptionistin getuschelt hatte, ging er direkt auf Danielle zu. »Ich habe Sie mit dem Bogdan zusammen an der Theke und am Swimmingpool gesehen, weshalb ich davon ausgehe, dass es ihm recht ist, wenn ich Ihnen seine Privatnummer gebe. Von der Taxizentrale hätten Sie diese Information sicher nicht bekommen!«, sagte der Angestellte. Dany bedankte sich höflich, als ihr Mihai einen Zettel mit Bogdans Telefonnummer in die Hand drückte. Sie ging ins Zimmer und holte eine Flasche Rotwein, welche sie in einer Mehrwegtragetasche aus Stoff verstaute.

Auf den letzten Metern des Rückwegs zu ihrem Tisch bemerkte sie, dass Silke sich mit einem neuen Cocktail amüsierte. »Der Kellner hat ihn unaufgefordert serviert, er ist von Corin«, reagierte Silke stolz auf Danys fragende Blicke. Mit überkreuzten Beinen wippte dabei ihr rechter Fuß. »Hat er mit dir geredet?« »Nein, der Cocktail kam kurz, nachdem er mit der Frau von seinem Tisch gegangen war. Willst du auch einen Schluck, das wird mir sonst zu viel?« »Ja gerne. Ich hoffe nur, dass der Barmann, da nicht 'Spanische-Fliege' oder so etwas in der Richtung hineingemischt hat, um uns nachher abzuschleppen!«, sagte Dany kichernd, als sie das Glas zum Mund führte. »Mach dir keine Sorgen«, sagte Silke erheitert. »Du brauchst keinen Keuschheitsgürtel, ich passe auf dich auf!« Danielle nahm für einen Augenblick das Glas von den Lippen und erwiderte erheitert: »Das finde ich wirklich nett von dir! Auf meine beste Freundin!« Dann gönnte sie sich noch einen Schluck, bevor sie ihrer Freundin das Mixgetränk wieder überreichte. Hastig leerte Silke das Glas, wischte sich den Mund ab und forderte: »:Komm lass uns gehen, sonst verpassen wir den Sonnenuntergang am Ende noch.«

Am Strand setzten sie sich in den Sand und die Weinflasche zwischen sich. Schweigend sahen sie zu, wie das Zentralgestirn langsam am Horizont versank. Vom Wein war noch reichlich übrig, als sie den Rückweg in die Unterkunft antraten.

»Wollen wir noch was unternehmen?«, fragte Danielle an der Eingangstür zum Hotel. »Nicht heute, lass uns aufs Zimmer gehen. Wir machen die Fenster weit auf, legen uns ins Bett und trinken die Flasche leer, sonst wird das Zeug noch sauer.« »Du hast Recht, dann können wir morgen mal eine größere Tour machen.«

Als Silke erwachte, lag nur sie selbst noch im Bett. Mit verschlafenem Blick hielt sie nach Dany Ausschau. Die saß auf dem Balkon. »Was machst du da draußen? Kannst du vor Geilheit nicht mehr schlafen?«, gähnte Silke vom Bett aus. »Ja vor Geilheit, den Sonnenaufgang zu sehen«, kam die Antwort vom Balkon. Silke stieg träge aus dem Bett, um sich für den Tag frisch zu machen. Nach ein paar Minuten war sie so weit. »Wie sieht es aus, gehen wir zum Frühstücksbuffet?«, rief sie Dany zu, während sie in ihrem Koffer wühlte. »Aber sicher!«, tönte es von draußen. Nachdem sich die beiden gestärkt hatten, rief Danielle, Bogdan an. Er war erstaunt, dass sie sich über seine Privatnummer meldete. Dany fragte, ob ein Treffen möglich ist. »In einer Stunde komme ich ins Hotel, dann können wir reden.« »Wir warten in der Nähe des Eingangs«, sagte Danielle, bevor sie das Gespräch beendete.

Bogdan verspätete sich keine Minute. Nachdem Dany ihm die Geschichte von Valeria vorgetragen hatte, sagte er:»Mit Valeria Deri kannst du nicht mehr reden sie hat tatsächlich Selbstmord begangen. Sie ist in Berlin von einem Hochhaus gesprungen und war bekleidet, als man sie fand. Also muss das Bild, auf welchem man sie vermeintlich Tod auf dem Bett liegen sieht, von einem anderen Versuch stammen, das irdische Dasein zu beenden. Warum sie es getan hat ist unklar, Schulden lasteten nicht auf ihr und ernstlich krank war sie auch nicht so viel ich weiß. In der Liebe hatte sie wohl nicht so viel Glück, aber sie war ja noch jung und dazu auch sehr attraktiv. Sie hätte also jederzeit einen neuen Partner finden können, wenn sie darauf aus gewesen wäre. Sie hat noch eine Schwester. Die Timea wohnt in einem Privathaus, nicht weit entfernt von Manghalia. Ich habe einen Kollegen, der kennt die Timea. Wir machen es so, ich werde sie über ihn fragen, ob sie mit dir reden will, dann melde ich mich wieder bei dir okay?« Danielle war zufrieden, bedankte sich. Als Bogdan von seinem Stuhl aufstand, erkundigte sich Silke: »Fährst du zurück nach Manghalia?« »Weshalb fragst du? Wollt ihr mitkommen?« »Ja wir wollen uns ansehen, was dort von der Antike übrig geblieben ist, wenn wir schon mal hier sind.« »Ja kein Problem folgt mir.«

Im Auto stellte Silke ihn bezüglich Corin und dem Grund seines Aufenthaltes im Monrovia zur Rede. »Ich weiß warum der Corin so viel Zeit in dem Resort zubringt«, begann der Chauffeur der Mädels. »Es ist aber kein großer Unterschied, ob er nun zur Disco geht oder ins Hotel. Es hängt auch damit zusammen, dass die Hotelbetreiber den Alleinreisenden was bieten wollen. Sind die abenteuerlustigen Frauen im Urlaub so einsam wie zu Hause, buchen sie in Zukunft woanders. Wenn sie in ein Lokal außerhalb vom Hotel gehen, gibt es gleich mehrere Probleme, da wäre einmal die Sprache und dann ist es auch nicht risikolos. Nicht nur wegen der Gesundheit, sondern auch, weil viele erheblich weniger Geld haben, als die Urlauber. Der Corin spricht einigermaßen gut Deutsch und will auch nur Unterhaltung. Seinen Lebensunterhalt verdient er tatsächlich im Supermarkt. Ich versuche ja ihn zu überzeugen, dass es Zeit ist, für eine feste Beziehung, Familie usw., aber verbieten kann ich ihm natürlich nicht, Bekanntschaften zu machen.« Sie hatten ihr Ziel erreicht, Bogdan setzte die beiden in der Stadt ab und wünschte ihnen einen erlebnisreichen Tag. Silke und Danielle brachten mehrere Stunden mit dem Besichtigen der historischen Stätten zu. Als sie müde wurden, entschieden sie sich passend zum Erlebten für ein griechisches Essen in einem kleinen Lokal in der Stadt. Nach der Mahlzeit bummelten sie noch ein wenig durch die Straßen. In einer kleinen Seitengasse pfiffen ihnen ein paar junge Männer hinterher, die auf den Stufen eines Hauseinganges saßen, rauchten und eine Flasche kreisen ließen. »Wie ist es? Willst du zu ihnen gehen?«, fragte Dany mit leicht spöttischem Blick. »Lieber nicht, der Bogdan weiß sicher, wovon er spricht«, sagte Silke, nachdem sie sich kurz umgedreht hatte. Ein Stück weiter klingelte Danys Handy. Bogdan meldete sich: »Die Timea ist einverstanden, ein Gespräch mit Euch zu führen. Wo seid ihr jetzt?« »Moment ich schaue mal, ob ich ein Straßenschild finde ... Wir sind an der Kreuzung Strada Ezerului / Strada Ion Mecu.« »Gut dann wartet dort, ich hole euch ab!« Zehn Minuten später hielt ein Auto neben den beiden Frauen. Bogdan öffnete vom Fahrersitz aus die Beifahrertür seines Dacia. »Steigt ein, es ist nicht weit.« Im Auto erkundigte er sich: »Habt ihr alles in Augenschein genommen, was ihr besichtigen wolltet?« »Fast alles, bis wir erschöpft waren«, sagte Silke. »Es ist immer wieder interessant, solche alten Bauwerke zu sehen und zu berühren. Ich schließe dann öfter die Augen und versuche mich in Gedanken in diese Zeit zu versetzen«, ergänzte Dany.

Ihr Ziel erreichten sie kurz später. Bogdan hielt vor einem einzelnen Haus, umgeben von einem großen Garten mit Obstbäumen. »Ich stelle euch vor«, erwähnte er beim Aussteigen. Auf dem Weg zum Eingang sagte er: »Die Timea spricht ein wenig Deutsch, ihre Großmutter war deutscher Abstammung.« An der Haustür betätigte Bogdan den Klingelknopf, es dauerte ein paar Sekunden und Valerias Schwester öffnete. Bogdan hielt ihr die rechte Hand entgegen und begrüßte sie auf Rumänisch. Sie wechselten ein paar Worte, wobei er auf Danielle und Silke deutete. Timea begrüßte ihre Gäste mit Handschlag. »Gleich da vorne an der Ecke ist eine Bushaltestelle. Von da aus kommt ihr direkt zurück ins Monrovia«, erklärte Bogdan, bevor er sich mit dem Wagen entfernte. Timea forderte die beiden zum eintreten auf. Sie führte Danielle und ihre Freundin durch einen Flur, vorbei an einer Holztreppe zur oberen Etage, in ein großes Wohnzimmer. Der Raum war mit modernen Möbeln in dunkelbraunem Holz ausgestattet. Die Farbe der Möbel passte sehr gut zu den wuchtigen Balken an der Zimmerdecke. Auf einem Seitenteil der Schrankwand standen mehrere Bilder, Valeria war auch darauf zu erkennen. »Nehmt Platz«, sagte Timea und wies mit der rechten Hand auf einen großen Esstisch in der Nähe des Fensters. »Darf ich euch einen Tee anbieten?« »Ja gerne«, erwiderte Silke. Auf den Durstlöscher wartend, sahen sich Silke und ihre Freundin weiter um. Auf dem Holzboden lag ein großer dicker Teppich mit breitem dunkelrotem Rand um die blassgelbe Mitte. Darauf stand eine wuchtige Ledersitzgruppe in zu den Möbeln passendem Braun gehalten. Der Couchtisch davor ergänzte das Sofa harmonisch. Das große Fenster zur Terrasse stand offen. Aus dem Garten hinter dem Haus drangen die Geräusche des Sommers in die behagliche Wohnstube.

Aufklärung

Timea kehrte mit einem großen Tablett zurück und setzte sich mit an den Tisch. 'Wie unterschiedlich Schwestern doch sein können', dachte Dany. Die schwarzen Haare hatte Timea hochgesteckt. Mit ihren dunklen sanften Augen hielt sie Blickkontakt zu Dany und Silke, während sie den Tee in die Tassen füllte. »Also dann erzählen Sie mal, was Sie über meine Schwester wissen«, forderte sie an Danielle gewandt mit ruhiger Stimme. Während Danielle berichtete, zeigte sie auch die Bilder, die sich inzwischen als Kopien auf ihrem Mobiltelefon befanden. Timea seufzte tief und begann: »Ich habe mir immer Sorgen gemacht, dass es mit der Valeria kein gutes Ende nimmt. Sie hat in Deutschland Kunstgeschichte studiert. Ursprünglich wollte sie Archäologin werden. Nach ihrem Studium hat sie eine Zeit lang in Manghalia im Museum gearbeitet. Eines Abends lernte sie in einem Restaurant einen deutschen Geschäftsmann kennen. Er hat mit Antiquitäten gehandelt. Wisst ihr, es gab hier viele Leute, denen nicht klar war, wie viel Geld ihre alten Möbel und Einrichtungsgegenstände den Sammlern in aller Welt Wert sind. Er hat sicher sehr gute Geschäfte getätigt. Meiner Schwester machte er teure Geschenke, führte sie in noble Lokale aus. Valeria war auch wirklich in ihn verliebt, denn er war erst 31 Jahre alt, eine sportliche Erscheinung, mit kurzen blonden Haaren und Porsche. Ich habe sie gewarnt und ihr geraten vorsichtig zu sein. Jemand wie er, jung gut aussehend und ohne finanzielle Probleme hat doch jede Menge Möglichkeiten eine Partnerin zu finden, trotzdem teilte niemand sein Leben mit ihm. Er ist eben etwas Besonderes. Beim Sex ist er sehr fantasievoll, so viel Spaß wie mit ihm, hatte ich bisher noch nie, hat sie mir erzählt. Natürlich wollte ich mehr wissen und bekam auch bald die Möglichkeit meine Neugier zu stillen. Bei einer Flasche Wein wurde ihre Zunge locker. Sie beichtete mir, dass er auf Fesselspiele steht und auch sie selbst, schon lange bevor sie ihn traf, davon geträumt hat. Er war nicht der Typ, der sich einer x-beliebigen Person unterworfen hätte. Valeria sollte über ihn herrschen, sonst niemand. Was die beiden im Einzelnen getrieben haben, weiß ich nicht. Da die Valeria aber so glücklich aussah, wie nur selten zuvor im Leben, machte ich mir keine Sorgen. Schließlich waren es ihr Leben und ihr Körper, damit konnte sie machen, was sie für richtig hielt und als gut empfand. Ein knappes Jahr, nachdem sie sich gefunden hatten, kam sie mir öfter bedrückt vor, wenn sie mich besuchte. Natürlich sprach ich sie an. Sie ließ mich wissen, dass ihr Geschäftsmann es immer härter wollte. Es kam der Punkt, an dem sie sich weigerte, weiter zu gehen. Auf mein Anraten hat sie sich von ihm getrennt. Sie war dann längere Zeit Single. In der Arbeit hat sie Zuflucht gefunden. Eines Tages wurden bei Ausgrabungen in einem verfallenen Kloster alte Bücher entdeckt und in das Museum gebracht, indem Valeria wieder beschäftigt war. Meine Schwester brachte eins davon mit nach Hause. Darin waren mittelalterliche Rezepte zur Zubereitung von Getränken niedergeschrieben. Weil sie noch immer von der Trennung zerrissen war, probierte sie einige von den Mixturen aus, die für gute Stimmung der Seele sorgen sollten. Ich habe das Zeug nicht angerührt, obwohl sie betonte, dass nicht viel schief gehen kann. Tatsächlich wurde sie wieder lebenslustiger, begann die Vergangenheit zu verdrängen. Ein neuer Mann kam in ihr Leben, Petre. Nach der ersten Verliebtheit hat sie ihm Details der letzten Beziehung mit dem Geschäftsmann erzählt. Petre fand es spaßig und erklärte ihr, dass es sicher viele Menschen gibt, die ihren sexuellen Horizont irgendwann erweitern wollen, zeigte aber auch Verständnis, dass es für Valeria Grenzen gab. Vielmehr weckte das Rezeptbuch aus dem Mittelalter sein Interesse. Er hatte eine Idee, um Geld zu machen, wollte er einen Club für Anhänger des Mittelalters gründen. Zu mittelalterlichen Riten sollten Getränke nach Originalrezepten dieser Zeit ausgeschenkt werden. Den Einfall setzten sie zügig in die Tat um. Dazu hatten sie ein abgelegenes altes Bauernhaus am Waldrand gekauft und hergerichtet. Wie sich bald herausstellte, fanden sich in der Umgebung aber nicht genügend Interessierte für ihr Angebot. Einmal angefangen, wollten sie nicht so schnell aufgeben. So suchten sie im Internet nach Anhängern der mittelalterlichen Lebensweise. Damit wuchs der Zuspruch. Im wöchentlichen Wechsel luden sie neue Gästegruppen ein. Anfangs konnten sie die Besucher, welche oft von weit her anreisten, noch im Bauernhaus unterbringen. Später bauten sie ein zweites Gästehaus. Zu Beginn waren die Partys eher unspektakulär. Die Besucher erhielten lange Gewänder aus grobem Leinen mit Kapuzen, Valeria und Petre reichten bei Kerzenlicht Getränke nach Rezepten aus jener Zeit. Dabei erzählten die beiden abwechselnd Geschichten aus vergangenen Zeiten und untermauerten ihre Darbietung durch an die Wände projizierte Bilder. Bei geeignetem Wetter machten sie mit ihren Gästen auch schon mal eine Nachtwanderung durch den nahe gelegenen Wald. Neun Monate, nachdem sie begonnen hatten, kam ein Paar aus Deutschland zu Besuch. Zwei kinderlose Mittvierziger, aus Berlin. Es verlief alles wie gewöhnlich, bis meine Schwester drei Tage, nachdem die beiden angekommen waren, in der Nacht, um kurz nach ein Uhr, wach wurde. Sie vernahm merkwürdige Geräusche aus der Unterkunft der beiden Deutschen, leichtes poltern und gedämpfte Stimmen, deren Worte sie nicht verstehen konnte. Um herauszufinden, was vor sich ging, stand sie auf und ging zu dem Zimmer. Auf ihr Klopfen an der Tür reagierten sie nicht. So verschaffte sie sich vorsichtig Zutritt. Die Gäste saßen sich, beide nur mit Nachthemd bekleidet, gegenüber an dem Tisch, welcher zum Inventar gehörte, allerdings hatten sie den Tisch, aus der linken Fensterecke, in die Mitte des Raumes verbracht. Im Zentrum der Tischplatte leuchtete eine kleine Kerze mit spärlicher Flamme in einem, mit Ausnahme der zahlreichen farblosen Kanten, dunkelroten Kristallglas, welches das Kerzenlicht prismatisch aufteilte und immer neue Muster in die Umgebung projizierte. Die Urlauber hatten ihre Arme auf dem Tisch ausgestreckt und hielten sich an den Händen. Dabei sahen sie direkt in die Lichtquelle. Valeria räusperte sich dezent. Es dauerte einen Moment, bevor sie auf meine Schwester reagierten. Valeria erklärte ihnen, dass sie sich wegen der Geräusche Sorgen gemacht hatte und deshalb kam, um nach dem Rechten zu sehen. Marlies, die Frau aus Berlin zeigte Verständnis und lud meine Schwester ein, sich mit an den Tisch zu setzen, allerdings unter der Bedingung, nur ein Nachthemd zu tragen und sonst nichts. Auf die Frage, wozu diese spezielle Kleidung notwendig sei, erhielt sie die Antwort, damit die Körpersäfte ungehindert zirkulieren können. Andernfalls würde es schwierig, wenn nicht unmöglich mit der Mediation. Valeria entschuldigte sich kurz und kam Minuten später, ohne dabei Lärm zu machen, in der gewünschten Kleidung zurück, denn sie platzte fast vor Ungeduld, eine bis dahin neue Erfahrung zu erleben, die auch noch für ihr Geschäft nützlich sein könnte. Bevor sie sich mit an den Tisch setzte, bot ihr Albert, der Mann der Deutschen, ein Glas Wein an.

Den Wein musste sie jedoch im stehen trinken, da auf dem Tisch nur der Kerzenleuchter stehen sollte. Schon nach dem ersten Schluck merkte sie, dass das Getränk sehr wirkungsvoll war. Auf ihr zögern, das Glas komplett zu leeren, teilte Marlies ihr mit, dass es wichtig ist, aus zu trinken, um sich entspannen zu können. Valeria fragte nach, ob in der Flüssigkeit irgendwelche Drogen sind. Marlies verneinte dies und beruhigte sie, dass der Wein zu 100 % chemiefreie Handkelterung sehr erlesener Trauben sei. Meine Schwester tat wie geheißen und nahm im Anschluss mit am Tisch Platz. Neugierig betrachtete sie die Kerze in der Mitte des Kristallgefäßes, welche darin zu schweben schien. Auf ihre Frage, ob die Kerze in dem Kristallhalter wirklich schwebt oder sie es sich nur einbildet, mussten Marlies und Albert verhalten schmunzeln. Dann erklärte Albert, dass Valeria beruhigt sein kann, was die Kerze selbst betrifft, keiner Sinnestäuschung unterlegen zu sein. Die Kerze hatte tatsächlich absolut keinen Kontakt zum Kristall, sie bewegte sich innerhalb des geschliffenen Glases, durch ihre spezielle Ummantelung, ähnlich der eines Teelichtes, nur durch ein anderes Metall, als ein Standardteelicht eingefasst, in einem Magnetfeld. Ein Magnetfeld, welches durch die Gedanken der am Tisch versammelten, bei entsprechender geistiger Konzentration, beeinflussbar sein, und durch veränderte Licht- und Farbreaktionen auf die Teilnehmer zurückwirken sollte. Nach einer weiteren kurzen Einweisung durch Albert und Marlies, hielten sich alle drei an den Händen und auch meine Schwester starrte gebannt auf die Quelle des Lichtes. Es fiel Valeria leichter als sie gedacht hatte, sich vom Alltag zu lösen und sich auf verborgenen Gedanken zu konzentrieren. Nach circa 20 Minuten setzte die Wirkung bei meiner Schwester ein. In einem Trancezustand nahm sie Bilder von Gewalt und exzessivem Sex wahr. Auch in einem düsteren, mit Fackeln erhellten Gewölbe fand sie sich in Gedanken wieder, nackt auf einem Steintisch liegend, benutzt von einer Gruppe Männern, in deren Gesichtern Blut verschmiert war. Als sie mir später gestand, dass sie dabei einen Orgasmus empfand, leuchteten ihre Augen regelrecht. Meine Schwester hat mir erzählt, dass die Erinnerung an diese Nacht, ihr am nächsten Tag unwirklich vorkam. Dieses Ritual hatte aber dennoch etwas in ihr geweckt, was sie unbedingt aufs Neue spüren wollte. Sie fragte Marlies am nächsten Abend, ob auch Petre teilnehmen kann. Erstaunt nahm sie Marlies Ablehnung zur Kenntnis. Auf die Frage, warum ihr Freund nicht erwünscht ist, sagte ihr Albert, es hätte keinen Zweck, weil er ihm dazu die Voraussetzungen fehlen. Bei Valeria haben sie im ersten Moment gespürt, dass sie erreichbar ist. Meine Schwester war sich nicht sicher, ob sie Petre von den Erlebnissen erzählen soll, denn sie wollte die Stimmung nicht gefährden. Während der Vorbereitungen für den kommenden Tag, einem Ausflug zu einer mehr als 500 Jahre alten Burg, dachte sie über Alberts Worte nach. In der Tat war es so, dass es für Petre nur ein Geschäft war. Zu keinem Zeitpunkt interessierte er sich wirklich für die Mystik vergangener Zeiten. So hat sie mit ihm erst nach der Abreise der Gruppe darüber geredet. Allerdings hat sie ihm die Geschichte mit dem Gewölbe dabei verschwiegen, um ihn nicht an seiner Männlichkeit zweifeln zu lassen. Valeria, Marlies und Albert hatten in den Tagen bis zu ihrer Abreise einen neuen Level in ihrer Beziehung erreicht, wenn man das so nennen will. Als sie die alte Burg besuchten, entfernte sich meine Schwester einmal von der Gruppe. Sie stand auf einer Mauer und sah gut 100 Meter in die Tiefe. Zum ersten Mal in ihrem Leben fragte sie sich beim Blick nach unten, was passieren würde, wenn sie spränge, obwohl es zu diesem Zeitpunkt in ihrem Leben keinen wirklichen Grund dafür gab. Plötzlich spürte sie, dass sie jemand an der Hand hielt. Sie drehte sich zur Seite, es war Albert. Daran soll sie nicht denken, da die Gruppe keinesfalls auf ihre Gesellschaft verzichten will, ließ er sie mit ernster Miene wissen und zog sie von der Mauer weg. Valeria war verwirrt, wie konnte er ahnen, was in ihr vorging? Dein jetziger Freund fuhr er fort, kann dir nicht geben, wonach du dich sehnst. Es wäre möglich, dass wir dir helfen können. Wenn du nicht lernst, deine eigenen Wünsche zu respektieren, wird es schwer für deine Seele! Meine Schwester überkam ein Gefühl der Geborgenheit in der Nähe dieses Mannes, wie sie es vorher nicht kannte. Es hatte nichts mit Sex zu tun, obwohl der große schlanke mit grauen Schläfen und braunen Augen versehene Albert sie körperlich nicht im Geringsten abstieß. Bevor die Gruppe ihren Aufenthalt beendete, tauschten sie Kontaktinformationen aus. Marlies lud Valeria nach Berlin ein, sie würde sie gerne ihren engsten Freunden vorstellen, ließ sie meine Schwester wissen. Außerdem bot sie ihr an, kostenlos in ihrem Haus zu wohnen, solange sie es will. Valeria war überglücklich und bedankte sich vielmals. Petre war nicht annähernd so happy wie meine Schwester, als sie ihn davon in Kenntnis setzte. Er ist ein sehr eifersüchtiger Mann, aber eher der Typ, dem das Wissen reicht, eine Frau zu besitzen, obwohl andere Männer sie in Wahrheit sehr viel mehr begehren als er selbst. Valeria hat mir anvertraut, dass er sich schon nach wenigen Wochen, im Bett keine Mühe mehr gab. Petre kam selbstverständlich zu seiner Befriedigung, meine Schwester war meistens unerfüllt dabei. Valeria verteidigte standhaft ihren Wunsch, nach Berlin zu fahren. Petre stellte die Bedingung, sie auf der Reise zu begleiten, weil er sich das Anwesen und Berlin selbst ansehen wollte. Marlies und Albert stimmten seinem Ansinnen zu. Valeria und Petre waren gerade ein paar Tage in Berlin, sie hatten sich die Stadt angesehen, da erhielt Petre einen Anruf, dass es seiner Mutter nicht gut geht. Er entschloss sich ohne Valeria zurück nach Manghalia zu fahren, da er seine Wissbegierde ohnehin bereits gestillt hatte. Ich weiß das, weil ich Petre zufällig beim Einkaufen traf, nachdem er wieder hier war. Es hatte sich herausgestellt, dass seine Mutter mit einer schweren Magen-Darmgrippe im Krankenhaus lag. Ein paar Tage war nicht klar, ob sie durchkommen würde. Nachdem sich ihr Zustand stabilisiert hatte, wollte Petre nicht noch mal nach Berlin zurück. In der Zeit ohne Valeria ging er oft aus, dabei lernte er eine andere kennen, Estera. Sie hat ihm total den Kopf verdreht. Vier Wochen später hat er Valeria in Berlin angerufen und ihr gesagt, dass er sie verlässt. Er wollte nicht mehr länger im Geschäft mit ihr bleiben und schlug vor, sie soll ihn auszahlen. Valeria hatte nichts dagegen einzuwenden, denn ihre Gefühle gegenüber Petre waren deutlich abgekühlt. Zusätzlich erleichterte ihr die Gesellschaft von Marlies und Albert den Schritt. Einmal habe ich sie danach noch in Berlin angerufen, sie sagte mir es sei alles bestens, ich solle mir keine Sorgen machen. Das war das letzte Mal, dass ich mit ihr gesprochen habe.« Timea wischte mit der rechten Hand die Feuchtigkeit aus den Augen, schniefte in ein Taschentuch und stand auf. »Die Polizei«, fuhr sie fort, »kennt die Geschichte inzwischen auch. Als sie was von Magie mitbekamen, wurden sie hellhörig und haben nachgeforscht. Die Ermittlungen ergaben trotzdem nichts Neues, es blieb bei der Aussage, es gäbe keine Hinweise für ein Fremdverschulden. Das ist alles, was ich weiß. Über den Bogdan bin ich darüber informiert worden, wie viel Mühe Sie sich gegeben haben Valerias Identität herauszufinden. Deshalb habe ich so ausführlich erzählt, sonst hätte ich das nicht gemacht. Also vielen Dank!«

»Auch ich möchte mich bedanken«, sagte Dany und stand fast zeitgleich mit Silke vom Tisch auf. »Eine Bitte habe ich noch. Können Sie mir die Adresse von Marlies und Albert geben?«, fragte Danielle auf dem Weg zur Tür. Timea schaute sie einen Moment an, griff nach einem Notizblock auf der Kommode im Flur und notierte die Anschrift.

Auf dem Weg zur naheliegenden Bushaltestelle besserte sich die Stimmung von Silke und Danielle wieder. »Willst du jetzt etwa auch noch nach Berlin fahren?«, fragte Silke ungläubig. »Schon möglich!«

»Aber Valeria ist Tod, was willst du noch herausfinden?« »Die wahren Gründe für ihren Entschluss und ob es eine Verbindung zum Erstbesitzer meines Notebooks gibt. Einfach wird das nicht, probieren werde ich es möglicherweise trotzdem.« »Na gut, für den Rest des Urlaubs, will ich davon aber nichts mehr hören!«, entgegnete Silke entschlossen. »Nein, fürs Erste reicht es«, sagte Dany beipflichtend. »Da bin ich wirklich beruhigt. Ich will nämlich noch mindestens einen lebendigen Typen finden, um Spaß zu haben!« sagte Silke schmunzelnd. »Mindestens«, wiederholte Dany und lächelte ebenfalls.

Mit dem Bus waren sie ein paar Minuten später wieder im Hotel. An Empfang studierten sie das Unterhaltungsprogramm für die letzten Stunden des Tages. Eine Gruppe lateinamerikanischer Tänzer würde eine Show bieten, was den beiden zusagte. Auf dem Zimmer brachten sie sich in Form und wählten passend zum Anlass Kleider, da nach der Show eine Band die Gäste animieren sollte, sich zum Rhythmus der Musik zu bewegen. Silke und Danielle sicherten sich durch rechtzeitiges Erscheinen am Ort des Geschehens, Plätze in der ersten Reihe mittig. Die dunkelhäutigen brasilianischen Frauen und Männer waren perfekt in dem, was sie taten. Mit heißen Rhythmen und erotischen Bewegungen zum Takt der Musik erfreuten sie das Publikum. Nach der Show wählten Danielle und Silke einen Tisch unweit der Tanzfläche. An ihren Cocktails nippend, hielten sie Ausschau nach zum tanzen geeigneten Vertretern des männlichen Geschlechts. Allerdings war die Auswahl nicht besonders groß. Hauptsächlich Paare bevölkerten die Location. So tanzten die beiden vorerst zusammen, dabei suchten sie das Publikum permanent mit den Augen ab, und erspähten irgendwann zwei Männer im passenden Alter, am Rand der Tanzfläche. Unter intensivem Blickkontakt zu den Jungs, gepaart mit lieblreizendem Lächeln nahmen sie wieder an ihrem Tisch Platz. Die Männer wagten nach anfänglichem Zögern einen Vorstoß zu den beiden Frauen und erkundigten sich, ob sie was falsch verstanden hätten. Nachdem sie sich gesetzt hatten, kamen sie schnell ins Gespräch. Heiko und Achim stellten sich als zwei Freunde aus Frankfurt vor, die in der IT-Branche ihre Brötchen verdienen. Sie erzählten wortreich von dem, was ihren Alltag beruflich ausfüllt. »Wirklich sehr interessant«, bemerkte Silke aus Höflichkeit und ergänzte dann, »wir würden jetzt gerne tanzen«, denn mit Bits und Bytes wollte sie nicht den ganzen Abend gelangweilt werden. Silke stand auf und reichte Achim die Hand. »Ähm, so gut tanzen kann ich nicht«, wehrte dieser ab. »Lass es uns wenigstens probieren«, sagte Silke bestimmend und zog ihn mit sich auf die Tanzfläche. Dany und Heiko folgten. Wie sich herausstellte, hatten die beiden Männer den Besuch einer Tanzschule wirklich nötig. So brachen die Frauen ihr Experiment nach ein paar Runden ab. »Wir müssen mal«, rief Silke auf dem Weg zum Tisch. Dany schaute sie verwundert an, folgte ihr aber dennoch wortlos.

»Na das kann ja was werden, wenn die sich im Bett genauso anstellen, wie beim tanzen«, sagte Silke enttäuscht zu Danielle, auf der Toilette vor einem großen Spiegel. Dany lachte, sagte aber dann: »Es gibt doch viele Männer, die nicht tanzen können!« »Du magst den Heiko also, obwohl er mit 22 schon einen leichten Bauchansatz hat? Oder sind es seine blonden Haare? Oder sein Vorname?« »Eigentlich alles. Es gefällt mir, dass er so zuvorkommend ist!« »Na dann viel Spaß«, sagte Silke mit dezent hämischem Lächeln. Auf dem Rückweg erspähten sie Heiko und Achim, welche sich gerade mit üppigen Biergläsern zuprosteten. Des Trinkens momentan überdrüssig begaben sich die Mädels auf direktem Weg zur Tanzfläche. Die beiden legten ein lange Runde ein, nach mehr als einer halben Stunde kehrten sie zum Tisch zurück. Ohne Umschweife sagte Silke: »Wir wollen gehen, kommt ihr mit?« Mit spontaner Begeisterung willigten die beiden Freunde ein. Beim Aufstehen vom Tisch hatte Achim leichte Probleme, welche nicht auf altersbedingter Gebrechlichkeit basierten. Danielles Freundin rollte ihre blauen Augen vorwurfsvoll. Da er zwar angeheitert war aber nicht lallte, entschied sie sich es dennoch mit ihm zu versuchen. 'Ein Nachteil muss das nicht unbedingt sein', dachte Silke quietschvergnügt. In dem Zustand legt er hoffentlich alle Hemmungen ab. Bei der Vorstellung spürte sie unvermittelt ein wohliges Prickeln im Schritt. Im Hotel war es bereits ziemlich still, die meisten Gäste schon im Bett. Auf dem Weg zum Fahrstuhl schlug Dany vor, sich paarweise die Zimmer zu teilen, was allgemeinen Anklang fand. Heiko merkte noch an: »Wir haben morgen eine Tagestour gebucht, sie beginnt um sieben, die ist schon bezahlt.« »Kein Problem«, entgegnete Silkes Freundin, »ich habe einen Wecker.«

Am Morgen des folgenden Tages, um halb sieben klopfte Silke vorsichtig an der Tür ihres eigenen Zimmers. »Guten Morgen. Der Heiko ist schon gegangen, er wollte noch eine Kleinigkeit zu sich nehmen, bevor es losgeht«, gähnte Danielle, nachdem sich die Tür auftat. Beide brannten darauf, die Erlebnisse der letzten Nacht zu erfahren. Nach einer fünfminütigen Körperpflege im Bad, legte sich

Silke neben Dany ins Bett. »Wie war es mit Heiko? Ist er gut gebaut?« Danielle warf Silke einen verträumten Blick zu, dabei zog sie sich die Bettdecke hoch bis zum Hals. »Den Anfang habe ich gemacht, ihn geküsst und dabei seine Hose geöffnet, da ist er angesprungen, ruck, zuck lagen wir ohne Klamotten auf dem Bett. Er war leider sehr schnell beim ersten Mal. Nach einer Pause, in der wir einen Schluck getrunken haben, bin ich unter die Dusche und hab ihn mitgenommen. Wir haben gegenseitig Duschgel auf unserer Haut verteilt, um es einen Moment später wieder ab zu spülen. Anschließend habe ich ihn an den Schultern nach unten auf die Knie gedrückt, dann mit der rechten Hand in sein Haar gegriffen und ihn zwischen meine Beine gelenkt. Zum Schluss haben wir es im stehen gemacht. Ich bin dabei sehr heftig gekommen.« »Mit dem Achim lief es leider nicht so gut.« Begann Silke mit merklicher Enttäuschung. »Der muss vorher schon getankt haben. Jedenfalls, wir lagen gerade hüllenlos auf dem Bett, da fing er an zu pumpen und die Backen aufzublasen, während er meine Brüste verwöhnte. Kotzen? Fragte ich, er nickte nur und hielt sich die rechte Hand vor den Mund. Dann steh auf oder willst du mich etwa vollkotzen?, habe ich ihn angeschrien. Er torkelte vom Bett zum Klo. Nackt kniete er vor der Kloschüssel, würgte und würgte. Ich war stink sauer, habe den Gürtel aus seiner Hose gezogen und ihn ein paar Mal damit auf den Arsch geschlagen, während er noch die Kloschüssel anbrüllte. Er hat sich nicht mal umgeschaut, dachte wohl es ist der Ekel, der ihn da peitscht. Als er wieder auf die Beine kam, hatte er einen Ständer. Die Brühe klebte noch an seinen Mundwinkeln und er roch widerlich. Er solle mich ja nicht anfassen, sagte ich ihm. Dann schob ich ihn unter die Dusche und drehte das Wasser auf. Da sackte er langsam zusammen und saß schließlich auf dem Duschboden. Damit er wieder zu sich kommt, stellte ich das Wasser von warm auf kalt. Als er nicht gleich reagierte, bin ich erst mal raus auf den Balkon und hab eine geraucht. Das Wasser hörte ich noch laufen, als ich wieder ins Zimmer kam. Ich sah nach, da hockte er noch immer auf dem Boden, allerdings, war er dabei sich abzuseifen. Gut dachte ich, wenigstens brauchen wir keinen Sanitäter. Dann kam er endlich aus dem Bad zurück. Da ich bedenken hatte, er würde sich noch mal übergeben, dich und Heiko aber nicht stören wollte, sagte ich ihm, dass er nicht im Bett schlafen kann. Ich warf ihm eine Decke auf den Boden neben das Bett und ein Kissen dazu. Gute Nacht, den Wecker habe ich gestellt, murmelte ich noch, bevor ich mich umdrehte und rasch einschlief. Ich erwachte vor ihm. Die Morgendämmerung und der diffuse Geruch von Achims Mageninhalt, ließen mich nicht mehr schlafen. Den Wecker habe ich in der Nähe seines Kopfes auf den Boden gestellt, dann bin ich zum Strand gegangen, um einen Spaziergang zu machen.« Dany lachte, tröstete ihre Freundin dann aber: »Mach dich nicht verrückt deswegen. Wenn man es mit Gewalt darauf anlegt, jemanden kennenzulernen endet das meistens nicht gut.« Silke seufzte und nickte dabei. »Nie habe ich Glück mit den Typen! Aber du hast mir noch nicht geantwortet! Wie groß ist den nun das Ding vom Heiko?« Danielle kicherte. »So groß ist sein Zepter auch wider nicht, gerade mal 20 cm.« »Du lügst!«, krähte Silke, lachte und schlug mit ihrem Kissen nach Dany. Nach den morgendlichen Vorbereitungen beschlossen die Mädels einen Ausflug nach Constanta.

Für den Tag darauf buchten die beiden Freundinnen eine Bootsfahrt, während sie über das Schwarze Meer schipperten, reisten Heiko und Achim ab. Für Silke war Achims Abreise so etwas wie die Erlösung vom Sendboten des Delirium tremens. Danielle konnte der Vorstellung an eine Fernbeziehung mit Heiko über 200 km nicht viel Gutes abgewinnen und hakte ihn als Urlaubsflirt ab. Die Tage danach verbrachten sie hauptsächlich relaxend am Strand.

Als sie am letzten Sonntag im August auf dem Flughafen Köln-Bonn landeten, regnete es in Strömen. Beide waren entkräftet von der Reise, deshalb wollten sie so schnell wie möglich nach Hause.

Wenige Tage später holte sie der Büroalltag wieder ein. Dany berichtete Silke gut gelaunt, dass eine ihrer Kakteen erblüht war, und zeigte ihr sogleich ein Bild der Pflanze auf dem Handy. »Wirklich toll«, kommentierte Silke das Bild, »genau genommen bin ich in derselben Situation wie dein Kaktus! Aus diesem Grund habe ich mich bei einer Internet-Partnerbörse angemeldet. Gewissermaßen um bestäubt zu werden, bevor ich verwelke. Morgen habe ich mein erstes Date, mit Guru84.« »Guru?«, kicherte Danielle. »Ist der bei einer Sekte? So ein Seelenfänger mit Glatze, Leinengewand und einem Dauergrinsen, dass auf einen Botoxunfall schließen lässt?« »Nein!«, sagte Silke lachend, »mit diesem Namen spielt er auf seine Leistungen im Bett an.« »Und das glaubst du?« »Ich glaube gar nichts, da er aber in der Nähe wohnt, werde ich es herausfinden. Seine Bilder haben mich sehr angesprochen!« »Was macht er denn beruflich?« »Sein Geld verdient er bei einer Bank, behauptet er zumindest.« »Dann wünsche ich dir viel Erfolg! Wann triffst du ihn?« »Morgen Abend im 'Alten Wartesaal'. Willst du mitkommen?« »Will er zwei Frauen?«, fragte Dany, wobei sie ihre Brüste mit den Händen leicht anhob und schmunzelte. »Das hoffe ich nicht! Es geht mir mehr um die Sicherheit und eine Rückzugsmöglichkeit für den Notfall.« »Nur wenn du mir einen ausgibst!« »Abgemacht«, sagte Silke und vertiefte sich wieder in ihre Arbeit.

Ein neuer Versuch

Der Abend der Offenbarung war herangerückt. Die Beiden trafen zu einer Zeit im 'Alten Wartesaal' ein, die eine ungestörte Suche nach geeigneten Plätzen ermöglichte. Zwei Barhocker verschafften den Mädels Möglichkeiten, wie von einem Hochsitz zu erwarten. Guru84 eilte dem verabredeten Termin ein paar Minuten hinterher. Mit einer Haltung, die mehr seine Brust als seinen Bauch betonte, betrat er das Lokal und sah sich dabei suchend um. Als Silke sich durch Winken zu erkennen gab, erinnerte sie Dany dabei an einen Adler, der mit den Flügeln seine Beute abzuschirmen sucht. »Silke?«, brachte Guru84 hervor, als er dicht genug vor ihr stand, um den Geruch ihres Parfüms wahrzunehmen. »Ja richtig! Guten Abend!« Guru84 streckte zur Begrüßung die rechte Hand aus. »Guten Abend! Wollen wir uns lieber an einen Tisch setzen? Da redet es sich besser!«, schlug er vor. Sie nahmen zehn Schritte entfernt zum Tresen, an einem Tisch, den sie mit niemandem teilen mussten, Platz. Die Bekleidung von Guru84 bestand aus schwarzen Jeans, hellblauem, langärmeligen Hemd und Sakko. Die kurzen schwarzen, leicht welligen Haare hatte er nach hinten gekämmt. Einzig die milchige Haut passte für Silke nicht zu ihrem Ideal. Sie schaute direkt in seine braunen Augen, als sie ihn fragte, was er genau macht und ob er an berufliche Veränderung denkt. Ihr Tischpartner ließ sie stolz wissen, dass er sich nach einem BWL-Studium entschieden hat, als Anlageberater seinen Lebensunterhalt zu verdienen und seinem Chef nach dem Stuhl trachtet. In Silke wurden böse Erinnerungen wach. Sie erzählte ihm, Gott sei Dank eine robuste Natur zu sein, denn sonst hätte der Fond, in den sie eine Zeit lang investierte, schon für die vorzeitige Entstehung von grauen Haaren bei ihr gesorgt. Guru84 wirkte ein wenig konfus, ließ dann aber Erfahrungen über die Unsicherheit der Märkte vom Stapel. Silke wechselte geschickt das Thema, denn sie wollte nicht dem Falschen grollen. Also fragte sie ihn, ob er ins Auge gefasst hat eine Familie zu gründen. Guru84 schluckte heftig, räusperte sich und sagte: »Ja ... später!« »Später wann soll das sein?«, bohrte Silke. »Wenn ich weiß, die Richtige gefunden zu haben!« »Verstehe, dann erzähl mal über deine

Traumfrau!« »Traumfrauen gibt es nur im Traum. So große Anforderungen habe ich gar nicht. Sportlich, humorvoll und aufgeschlossen wäre die Basis, alles andere ist variabel.« »Das hört sich gar nicht dumm an«, stellte Silke huldvoll fest. Im weiteren tauschten sich die beiden noch über ihre Familien, ihre Vergangenheit und die Freizeitinteressen aus. Befriedigt bezüglich des gemeinsamen Konsens zur Familienplanung winkte Silke der Bedienung mit dem Portemonnaie. Nach ihrem Urlaub war sie entschlossen, in Zukunft nicht gleich alles am Abend des Kennenlernens zu geben. Aus diesem Grund sagte sie vor der Tür des Lokals: »Es war ein langer Tag, lass uns darüber schlafen, ob wir es fortsetzen!« Ihre neue Bekanntschaft bot an, Silke nach Hause zu fahren, was sie nicht ablehnte. Mit der Hand gab sie Danielle beim verlassen des Lokals ein Zeichen.

In den folgenden Wochen stellte sich heraus, dass Guru84, der eigentlich Torsten Bäcker hieß, war, was Silke so lange nicht gefunden hatte. Sein Liebesleben beschränkte er nicht nur auf die heimischen vier Wände, sondern dehnte es auf ungewöhnliche Orte, wie Umkleidekabinen, Aufzüge und die freie Natur aus. Ab und an begleitete Danielle die beiden noch zur Disco oder ins Kino, in der Mehrheit der Fälle, verbrachte sie ihre Freizeit aber wieder ohne die Gesellschaft ihrer Freundin. Inspiriert, durch den Rumänienurlaub, begann sie sich für Esoterik zu interessieren. Bücher über das Mittelalter, Magie und Rieten stillten ihren Wissensdurst bis zu einem gewissen Grad. Ihr wurde klar, dass sie ihr bisheriges Wissen nur durch praktische Experimente erweitern konnte.

An einem Wochenende Anfang Dezember reiste sie mit der Bahn, welche günstige Angebote machte nach Berlin. Bei ihrer Ankunft an einem Freitagabend wurde sie vor dem Bahnhof-Spandau von einem eisigen Wind und leichtem Schneefall begrüßt. Den Weg bis zur Rezeption des Ibis-Hotels, ihrem Ziel, legte sie bequem in fünf Minuten zurück. Nachdem sie ihre Reisetasche im Zimmer deponierte hatte, suchte sie eine kleine Bar unweit des Hotels auf. Sehr viele Gäste waren nicht anwesend, nach einem Cocktail, den sie in Ruhe zu sich nahm, verabschiedete sich wieder. Die Pläne für die kommenden Tage hatte sie bereits vor der Reise geschmiedet. Im Mittelpunkt standen Sightseeing und der Weihnachtsmarkt. Davon abgesehen dachte sie auch an Marlies und Albert, deren Aktivitäten ihre Wissbegierde anstachelten.

Am Samstagmorgen, nach der Rückkehr aus dem Speisesaal des

Hotels, schlenderte sie zuerst durch die Spandau-Arkaden, ein Shopping-Center, das mit dem Ibis verbunden ist. Im Anschluss nahm sie eine U-Bahn zur Innenstadt. Zuerst steuerte sie den Alexanderplatz an, den Blick vom Fernsehturm wollte sie bei größtmöglicher Tageshelligkeit erleben. Die Aussicht über die Stadt hielt sie in zahlreichen Fotos fest, obwohl ein dunstiger Schleier am Horizont der ungestörten Fernsicht abträglich war. Wieder auf dem Boden, lief sie die 'Straße Unter den Linden' in Richtung Brandenburger-Tor und von da aus zum geschichtsträchtigen Reichstag. Das war ihr für das Erste genug an Bewegung, so suchte sie die nächste U-Bahnhaltestelle auf, um zum Kurfürstendamm zu gelangen. Im 'Einstein' am Kudamm legte sie eine Kaffeepause ein. Auf dem anschließenden Weg zum 'KDW' gab sie sich flüchtig dem Windowshopping hin. Die Lichter der Stadt überstrahlten bereits die Helligkeit des Himmels, als sie das 'KDW' wieder verließ. Die letzte Station des Tages bildete für Dany der Weihnachtsmarkt. Aufgrund der Kälte genehmigte sie sich öfter einen Glühwein. An einem der Stände, an denen sie verweilte, spürte sie, dass sich jemand für sie interessiert. Ein schlanker Mann, den sie auf Ende vierzig schätzte, stand etwa zehn Meter entfernt und blickte sie direkt an. Als er sich entdeckt wähnte, wendete er sich ab und zündete sich eine Zigarette an. Dany beachtet ihn nicht weiter und setzte ihre Tour über den Markt fort. Etwas später machte sie Halt um eine Feuerzangenbowle zu trinken. Sie stand leicht fröstelnd mit geschlossenen Beinen da und wärmte ihre Hände am Becher, da stand der Fremde wieder in ihrem Blickfeld. Danielle beschlich ein Gefühl der Angst. Sie sah sich um und griff nach ihrem Handy. Es waren noch sehr viele Leute auf dem Markt, was sie als Vorteil wertete. Daher entschloss sie sich, den Mann zur Rede zu stellen. Sie ging auf ihn zu und fragte scharf: »Was wollen Sie von mir? Weshalb verfolgen Sie mich?« »Es tut mir Leid«, sagte der Fremde, »ich wollte Sie nicht erschrecken. Mein Name ist Harald Bauer. Ich wohne in Berlin und bin Maler. Sie haben ein sehr ausdrucksvolles Gesicht. Das wollte ich mir einprägen, um es zu malen. Aber wo Sie jetzt schon mit mir reden. Würden Sie mir Modell stehen?« Danielle entspannte sich merklich, fühlte sich geschmeichelt wurde aber nicht unvorsichtig. »Woher weiß ich, dass Sie mir die Wahrheit sagen?« »Ich gebe Ihnen meine Karte, da steht meine Adresse drauf und die Telefonnummer, bitte rufen Sie mich an!« Nachdem Dany die Karte im Neonlicht studiert hatte, fragte sie freundlicher: »Was für ein Bild wollen Sie denn malen? Soll ich mich etwa ausziehen?« »Nein ich denke nicht an ein Aktbild, sondern an eine Sommeridylle, bei der Sie ein Kleid tragen. Das Kleid bekommen Sie von mir. Ach ja, und falls es Sie beruhigt, meine siebzehnjährige Tochter ist auch im Haus. Meine Frau ist leider vor drei Jahren, bei einem Flugzeugabsturz ums Leben gekommen.« »Das tut mir Leid«, sagte Dany leise. »Ich werde Sie auf jeden Fall anrufen, wie ich mich auch entscheide!« Der Mann bedankte sich, wendete sich von Danielle ab und verschwand in der Dunkelheit einer Seitenstraße. Nicht viel später trat Danielle den Weg ins Hotel an, da ihr auch die heißen Getränke nicht mehr genügten, die Kälte zu ertragen. Nach einer ausgiebigen, warmen Dusche in ihrer Unterkunft, suchte sie die Hotelbar auf. Es sollte noch ein kleiner Absacker sein, um den Tag in Ruhe ausklingen zu lassen. In einem Sessel sitzend, leerte sie langsam ihr Glas, dabei holte sie die Visitenkarte von Harald Bauer noch einmal hervor. Ihr wurde bewusst, dass sie bisher noch nie von einem richtigen Künstler gemalt wurde. Sie ertappte sich dabei, wie sie daran dachte, nackt Modell zu stehen. Das Gefühl erregte sie und so beschloss Danielle, ihren Mut zusammen zu nehmen und den Maler daraufhin an zu sprechen. Als nur noch Luft in ihrem Glas war, suchte sie ihr Zimmer auf. Der Drink wirkte wie ein Katalysator auf die Müdigkeit in ihren Gliedern. Kaum im Bett, übermannte sie in ein tiefer Schlaf.

Ihr Reisewecker rief sie am nächsten Morgen, um kurz nach sieben in die Wirklichkeit oder was man gemeinhin dafür hält, zurück. Nach den Tagesvorbereitungen, gegen halb neun, griff sie zum Telefon und wählte die Nummer des Malers. Er wünschte einen guten Morgen und war froh zu hören, dass sie ihm Modell stehen wollte. Eine S-Bahn beförderte sie zum Ziel. Elf Minuten nach neun stand sie vor der Tür des Künstlers, der zusammen mit seiner Tochter ein gepflegtes Haus in einer ruhigen Gegend bewohnte. Seine Tochter, ein dunkelhaariges schlankes junges Mädchen mit blasser zarter Haut, öffnete die Tür. »Guten Morgen, mein Name ist Iris, mein Vater wartet im Wohnzimmer auf Sie. Kommen Sie bitte mit.« Als Dany den Wohnraum betrat, stand Harald der Maler auf und begrüßte Danielle mit einem freundlichen Lächeln. »Es freut mich, dass Sie Zeit für mich haben. Wir können gleich beginnen. Bitte folgen Sie mir ins Atelier.« Er führte Dany in ein großes Zimmer im oberen Stockwerk. Dort betrachtete Danielle zunächst einige seiner bisherigen Arbeiten. Es war auch ein Bild dabei, auf dem eine nackte Frau schemenhaft zu sehen war. »Wie lange malen Sie schon?«, erkundigte sich Dany. »Mehr als zehn Jahre. Nicht alles, was ich malte, hat mir zum Schluss dann auch gefallen«, sagte er schmunzelnd. »Würde es Ihnen etwas ausmachen mich unbekleidet zu malen?«, fragte Danielle, wobei sie spürte, wie ihr das Blut in die Wangen stieg. Harald legte den Kopf zur Seite und betrachtete Dany einen Augenblick. »Nein überhaupt nicht. Da muss ich nur das eigentliche Arrangement, welches mir bisher vorschwebte ein wenig abändern.« Als Requisit holte er eine Bank, dass Material von Sitzfläche und Lehne sah aus wie Holz, war aber Plastik, der Rahmen bestand aus Aluminium, imitierte in Farbe und Form altes Eisen. Hinter die Bank stellte er eine Leinwand mit dem Bild einer Sommerwiese und angrenzendem Wald. Sein Modell zog sich aus und setzte sich auf die Bank. Der Maler rückte seine Staffelei zurecht und bereitete die Farben vor. Dann wies er Danielle an, sich seitlich, frontal zu ihm zu legen, den Rücken an der Lehne der Bank abgestützt. Das linke Bein, unter dem Rechten anzuwinkeln, die rechte Hand auf den Bauch zu legen, mit den Fingerspitzen knapp neben dem Bauchnabel. Ihre linke Hand musste sie so positionieren, dass der Kopf darauf lag und der zugehörige Ellenbogen nach vorne zeigte. Dabei sollte sie ihn direkt ansehen. Die Stellung war für sein Modell in keiner Weise unangenehm. Er begann sein Werk.

»Wenn Sie eine Pause brauchen sagen Sie es!«, murmelte er nach einer dreiviertel Stunde, wobei er weiter malte. »Kann ich mit Ihnen reden, während Sie malen?« »Ja, wenn Sie die Position behalten!« Dany fragte ihn, ob er sich auch mit Sekten auskennt. »Schon, ja, als Künstler, muss man sich so gut wie möglich mit allen Facetten des Lebens auskennen, wegen der Inspiration. Ich selbst gehöre keiner Sekte an«, erwiderte Harald »Ich auch nicht«, bemerkte Danielle. »Haben Sie die Namen Marlies und Albert in Verbindung mit mittelalterlichen Rieten schon mal gehört? Diese Leute wohnen hier in Berlin.« »Die Namen sagen mir was, persönlich kenne ich aber keinen von den beiden. Wie sind Sie denn an die geraten?« Harald schaute sie geradewegs mit hochgezogenen Augenbrauen und runzliger Stirn, fragend an. Dany begann, die Geschichte stichpunktartig zu erzählen. Nachdem sie geendet hatte, sagte der Maler: »Ach jetzt verstehe ich, Sie wollen mit denen reden. Ich habe in meiner Stammkneipe von ihnen gehört. Ist eine traurige Geschichte! Lange Zeit waren sie eine glückliche Familie. Albert war Bauunternehmer, machte gutes Geld und sie setzten zwei Kinder in die Welt. Es mangelte ihnen an nichts. Als ihre Töchter, Jana und Lilli, beide von großem Liebreiz, 16 und 17 Jahre alt waren, erlaubten ihnen Marlies und Albert, für zwei Wochen alleine in einem Sommerhaus in Brasilien, nahe Porto Alegre, direkt am Südatlantik, dass zu ihrem Besitz gehörte, die Ferien zu genießen. Das Taten sie nur, weil es einen privaten Sicherheitsdienst gab, der das Grundstück rund um die Uhr bewachte. Die Kinder hatten ihnen versprochen, das Anwesen nur in Begleitung der Security zu verlassen. 8 Tage, nachdem sie ohne ihren Nachwuchs in Deutschland angekommen waren, erreichte sie ein Anruf von der brasilianischen Sicherheitsfirma, die für ihr Grundstück den Wachdienst leistete. Darin wurde ihnen mitgeteilt, dass die jungen Leute verschwunden sind. Die Eltern reisten unverzüglich zum Unglücksort. Es gab keine Spuren eines Kampfes und es war auch nicht die geringste Kleinigkeit entwendet worden. Die Security konnte nachweisen, ihre Aufgaben, gemäß der Vereinbarung, mängelfrei durchgeführt zu haben. Eine groß angelegte Suchaktion, mithilfe von Polizei und Militär blieb ohne Erfolg. Niemand nahm Kontakt zu Eltern oder Behörden auf, bezüglich irgendwelcher Forderungen. Albert und Marlies haben daraufhin noch verschiedene Privatdetektive mit den besten Referenzen engagiert, auch sie fanden nicht die kleinste Spur ihrer Kinder. So blieben sie mit ihrem Leid alleine. Albert verkaufte sein Geschäft zu einem sehr guten Preis. Ihr Vermögen war damit mehr als ausreichend, um sich zur Ruhe zu setzen. Die beiden begaben sich in der Folgezeit oft auf Reisen, um sich von den Geschehnissen abzulenken und Abstand zu dem Verlust ihres Nachwuchses zu gewinnen. Auf einer dieser Touren vertrieben sich Marlies und ihr Mann, an einem Samstagvormittag mit einem Besuch des Camden Market, einem der größten Londoner Trödelmärkte, die Zeit. Sie waren nicht darauf aus, unbedingt etwas zu kaufen, eher das Gegenteil war der Fall. Der Kontrast zu den luxusshopping Läden auf der ganzen Welt, weckte ihr Interesse. Um nicht belästigt zu werden, trugen die beiden unscheinbare Kleidung, die nicht auf ein großes Vermögen schließen ließ. Nachdem sie längere Zeit mit dem Betrachten aller möglichen Waren zugebracht hatten, kamen Albert und seine Frau zu dem Stand eines jungen Mannes mit Rastafrisur. Er bot diverse Pflanzensamen für exotische Gewächse, selbst gemachte Liköre, Glasbläserarbeiten, Bilder und Schnitzereien an. Die künstlerische Arbeiten wirkten mehrheitlich sehr professionell, so nahmen sich die beiden Berliner die Zeit, alles eingehend zu betrachten. Der Händler spendierte ihnen Kostproben seiner geschmacksintensiven Spirituosen. Plötzlich entdeckte Albert eine geschnitzte Skulptur von zwei Frauen und nahm das Kunstwerk in die Hand, um es genauer anzusehen. Er stupste Marlies an und sagte ihr, dass er in den geschnitzten Personen meinte, Jana und Lilli, ihre verlorenen Kinder, wieder zu erkennen. Ein Sekundenblick seiner Frau genügte, dann bestätigte sie seinen Eindruck. Albert fragte den Händler umgehend, ob er die Skulptur selbst hergestellt hat. Der Rastamann verneinte, das Einzige, was er mehr oder weniger selbst herstellte, waren die Liköre, alles andere hatte er eingekauft. Der Mann von Marlies behielt die Figur gleich in der Hand und bezahlte, was der Händler verlangte, 12 Pfund. Nachdem seine Frau die künstlerische Arbeit in einer großen Umhängetasche aus grobem Jeansstoff verstaut hatte, fragte sie den Geschäftsmann, woher er die Skulptur hat. Der junge Mann betrachtete die beiden Misstrauisch, dann sagte er, dass er es aus dem Stegreif nicht wisse. Auch behauptete der Rastamann, gelegentlich Probleme mit seiner Merkfähigkeit zu haben, was er damit begründete, hin und wieder ein bisschen was einzuwerfen, wenn er sich down fühle. Albert hielt ihm 20 Pfund entgegen und betonte, dass es wirklich sehr wichtig für ihn sei, zu erfahren, wer das Kunstwerk produziert hat und dass er nicht vorhat, einen Handel aufzuziehen, um irgendjemanden geschäftlich auszustechen. Der Verkäufer kratzte sich hinter dem rechten Ohr und wiederholte, er wisse es momentan allen Ernstes nicht, ohne die 20 Pfund annehmen zu wollen. Marlies Mann atmete schwer, dann stopfte er dem irritierten Händler den Zwanziger in die linke Brusttasche seiner Jacke und sagte, wenn seine Erinnerung zurückkommt, legt er noch einen Fünfziger drauf. Der junge Mann bedankte sich und versprach alles daran zu setzten, die gewünschte Antwort schnellstmöglich zu finden. Albert gab ihm nur seine Telefonnummer, seine Adresse nicht, denn er wollte keine undurchsichtigen Gestalten zu ihrem Luxushotel locken. Sie verließen den Rastamann und kurz darauf auch den Markt. Mit der U-Bahn gelangten Albert und seine Frau in die Nähe der Carnaby Street. Sie waren hungrig geworden und es war auch schon fast 14 Uhr, so suchten sie ein Lokal auf. Während und nach dem Essen diskutierten sie über das Erlebte und versuchten sich in Prognosen, ob und wann sie von dem Händler Antwort auf ihre Frage erhalten würden. Die Tage vergingen, der junge Mann meldete sich nicht, so suchten Marlies und ihr Mann den Camden Market genau eine Woche später erneut auf. Den Platz, an dem sie den Rastamann begegnet waren, belegte ein anderer Händler, mit anderen Waren. Sie erkundigten sich bei dem Neuling nach dem Mann mit den Figuren, den Schnitzereien und den anderen Sachen. Der Neue zuckte mit den Schultern und gab an, seinen Vorgänger nicht zu kennen. Da meldete sich eine Frau mittleren Alters vom Stand nebenan, die das Gespräch unfreiwillig mitbekommen hatte. Die Berliner erfuhren, dass der Rastamann ermordet wurde. Man fand ihn am Dienstagabend erstochen in einer unbelebten Seitengasse. Die Polizei hatte es bisher nicht publik gemacht, da sie die Ermittlungen nicht gefährden wollten. Die Frau, welche die Auskünfte gab, war eine der Wenigen, mit der die Ermittler sprachen, um Informationen zu erhalten. Als sie eine knappe Woche später, wieder seit zwei Tagen in Berlin waren, erhielt Albert eine SMS auf sein Handy. Der Rastamann teilte darin mit, dass er sich der Quelle der Schnitzerei erinnert habe, und dass er davon ausgehe, den zugesagten Betrag am kommenden Samstag, von den Berlinern, auf dem Flohmarkt zu bekommen. Als Ursprung des Kunstwerkes, war die Adresse eines Mannes in Südafrika angegeben. Marlies traute der Mitteilung nicht, da sie nach dem Todeszeitpunkt des Händlers gesendet wurde. Albert aber, hatte schon von der Möglichkeit, zeitversetzte Kurznachrichten zu senden gehört und gelesen. Außerdem mutmaßte er, dass die SMS nicht zwangsläufig vom Mobiltelefon des Rastamannes kommen musste. Gleichgesinnte treffen sich ja öfters, um gemeinsam was einzuwerfen oder zu Rauchen oder was auch immer. Bei der Eingabe des Sendezeitpunktes könnte einfach was schief gelaufen sein oder das Handy war lange nicht eingeschaltet und hat, nachdem es wieder in Betrieb genommen wurde, seine Aufgaben abgearbeitet, wie zum Beispiel überfällige Kurznachrichten zu senden. Die beiden einigten sich schließlich, der Sache nachzugehen, allerdings mit größter Vorsicht. Wenige Tage später, trafen sie in Südafrika nahe Johannesburg ein. Ein Hotelmitarbeiter brachte Albert und seine Frau zu der angegebenen Adresse in einem ärmlichen Township. Vor der Hütte saß ein farbiger mit Glatze und einer großen tiefen Narbe über der Stirn in einem verschlissenen Stuhl und schnitzte gedankenversunken. Rings um ihn herum, waren zahlreiche seiner Arbeiten aufgestellt. Albert nickte freundlich und sah sich die Schnitzereien kurz an. Nach einigen Minuten holte er die Skulptur, welche er in London erstanden hatte, aus seinem Rucksack und hielt sie dem Künstler entgegen. Der nahm sie in die Hände und betrachtete sie eingehend. Marlies Mann fragte, ob die Arbeit von ihm sei. Der Farbige gab die Skulptur zurück und nickte, dabei hatte sich sein Antlitz verfinstert. Albert fragte ihn, wer für die Schnitzerei Modell gestanden hatte. Der Kunstschaffende erkundigte sich nach dem Grund der Frage. Marlies erklärte ihm, worum es ging. Der schwarze Mann zögerte noch ein paar Sekunden, dann begann er zu berichten. Er hatte als Bootsmann auf der Yacht von ein paar jungen Australiern angeheuert, weil bei denen jemand vom Personal ausgefallen war. Die Reise führte anschließend nach Brasilien. In der Nähe von Porto Alegre gingen sie vor Anker. Die Bootbesitzer sind mit dem Beiboot mehrmals am Ufer gewesen. Dabei haben sie Jana und Lilli kennengelernt. Die jungen Leute haben sich verliebt. Auf der Suche nach einem großen Abenteuer sind sie eines Nachts ausgebüxt. Jim und Marvin, die australischen Brüder haben sie am Strand abgeholt und an Bord gebracht. Beide Mädels waren der Meinung, dass sie erst mal genug Schule hatten und glaubten, ihre Eltern würden von ihnen verlangen, noch etliche weitere Jahre hinter einer Schulbank auf unbequemen Stühlen zuzubringen, was die beiden auf keinen Fall wollten. Die Australier waren Stinkreich und hätten ihnen so oder so weiterhelfen können. Das Schicksal meinte es nicht gut mit uns. Wenige Meilen vor der afrikanischen Küste, versuchten uns Piraten zu überfallen. Jim und Marvin hatten Waffen an Bord. Wir haben alle mitgemacht und auf die Piraten gefeuert. Als es einige Angreifer erwischt hatte, haben sie zu einer tragbaren Rakete oder so was gegriffen und unser Boot zerstört. Ich war der Einzige überlebende. Die dachten wohl für mich bekämen sie eh keinen müden Cent und ich würde ohnehin absaufen oder die Haie würden mich fressen, weshalb sie sich nicht weiter um mich gekümmert haben. Doch ich hatte Glück und schaffte es trotz der vielen Raubfische bis an Land. Die Skulptur habe ich später aus meinem Gedächtnis angefertigt. Albert schluckte, Marlies schluchzte. Nachdem sie sich ein wenig gefasst hatten, bedankten sie sich für die Auskunft und drückten dem Künstler ein paar größere Scheine in die Hand, bevor sie sich verabschiedeten. Die folgenden Tage ihres Aufenthalts in Südafrika verbrachten sie oft melancholisch an der Küste, bevor Marlies und ihr Mann zurück nach Berlin reisten. Längere Zeit darauf haben sie angefangen, sich mit Esoterik zu befassen. In einer Mischung aus Langeweile und Neugier wollten sie versuchen, hinter die Fassaden zu blicken. Je mehr sie sich damit befassten, je mehr glaubten sie an ihren Erfolg dabei. Öffentlich bieten sie ihre Dienste nicht an. Sie haben aber einen größeren Freundeskreis von Leuten, in den nicht jeder aufgenommen wird, die ihre Leidenschaft teilen. Das ist alles was ich darüber weiß«, sagte Harald und legte seine Farbpalette beiseite. »Vielen Dank, Sie können sich wieder anziehen. Da es schon nach ein Uhr ist, würde ich Sie gerne zum Mittag einladen. Was meinen Sie?«, erkundigte sich der Maler. Danielle war einverstanden und so fuhr sie gemeinsam mit Harald und Iris ins 'Gandhi' am Stresowplatz. Nach dem Essen bot Harald an, sie zum Anwesen von Marlies und Albert zu fahren. Dany willigte dankbar ein. Sie hielten an einem großen Tor, hinter dem ein Weg in ein Waldstück führte. »Schauen Sie erst mal, ob sich jemand meldet, solange warte ich!«, sagte Harald, während Danielle das Fahrzeug verließ. Sie betätigte den Klingelknopf. Eine Frauenstimme meldete sich: »Müller. Was wollen Sie?« »Ich möchte mit Ihnen über Valeria reden!« »Sind Sie von der Polizei?« »Nein, bin ich nicht.« »Warten Sie am Tor, ich bin gleich bei Ihnen!« Dany ging noch mal zurück, zu Harald und seiner Tochter und verabschiedete sich. Die beiden fuhren davon. Das Herannahen eines Fahrzeugs von der Grundstücksseite kündigte sich geräuschvoll an. Ein BMW Coupé kam hinter der Einfahrt zum stehen. Eine Frau stieg aus, ging zum Tor öffnete es und bat Danielle herein. Sie hatte dunkelrote kurze Haare und eine frauliche Figur. »Marlies Müller«, stellte sie sich freundlich vor. »Zum laufen ist es ein bisschen weit, also steigen Sie ein.« Der BMW setzte sich in Bewegung und erreichte kurz darauf die Villa. Über ein paar Stufen aus weißem Marmor, begrenzt von zwei Säulen, welche die Eingangsüberdachung stützten, betraten sie die Villa. Marlies führte sie durch den großzügigen, im antiken Stil designten Eingangsbereich in den Wintergarten, in dessen Mitte ein runder Teakholztisch mit vier dazu passenden Stühlen stand. »Nehmen Sie erst mal Platz, ich hole uns was zu trinken.« Danielle zog ihre Jacke aus und legte sie auf einen freien Stuhl. Marlies kam mit einem Servierwagen zurück, auf dem eine große Kanne, zwei Tassen, Milch, Zucker und Zitrone standen. »Den Tee habe ich selbst gemacht«, sagte sie beim Einschenken mit einem Augenzwinkern. Danielle musste daran denken, was ihr Timea in Bezug auf die Getränke erzählt hatte, die hier auf den Tisch kommen. Ein Rumoren ihrer Innereien machte sich daraufhin bemerkbar. Marlies tat so, als ob sie es nicht gehört hätte, und füllte unbeirrt die Tassen. Danys Angst legte sich erst, nachdem ihre Gastgeberin getrunken hatte. Sie erklärte, was sie an diesen Ort führte, auch was sie vom Maler wusste umriss sie in groben Zügen. Marlies hörte gespannt zu. »Wir haben mit ihrem Tod nichts zu tun«, begann sie. »Valeria war ein sehr gutes Medium und hatte erheblich mehr seherische Begabung als mein Mann und ich. Wenn wir sie auf den Weg gebracht hätten, wären wir möglicherweise Mitschuld an ihrem Tod. Wie Sie ja wissen, hat sie sich der Mystik bereits vor unserem Zusammentreffen in Manghalia verschrieben. Wir haben ihr nur geholfen, ihre Sinne zu schärfen. Auch wir haben viel gelernt in diesem Bereich. Als Valeria im Urlaub in Rumänien an einer Sitzung teilnahm, spürten wir sofort, dass sie etwas Besonderes war. Wir dachten, dass wir zusammen mit ihr unser Können vervollkommnen würden. Leider sind wir auch mit ihrer Hilfe nicht weiter gekommen. Valeria dagegen wurde in der Zeit bei uns hier in Berlin immer fähiger. Zum Schluss benötigte sie keine Unterstützung von speziellen Stimulanzien in flüssiger Form mehr, um in Trance zu kommen. Selbst wenn sie irgendwo in der Stadt unterwegs war, hatte sie Verbindung zu einer Welt, in die wir ihr nicht folgen konnten. Bei einem ihrer Streifzüge durch die Stadt lernte sie einen Mann kennen. Sie saß in einem Café, mit dem Rücken zur Eingangstür, plötzlich sah sie in Gedanken sein Bild deutlich vor sich. Als sie sich umdrehte, kam er tatsächlich gerade zur Tür herein, so wie sie ihn zuvor wahrgenommen hatte. Er setzte sich mit dem Rücken zu ihr und gab seine Bestellung auf. Valeria erhob sich von ihrem Platz und ging zu ihm an den Tisch. Vor ihm stehend fragte sie ihn, ob es möglich ist, dass sie sich irgendwoher kennen. Er dachte wohl, dass sie käuflich ist und Kundschaft sucht, weswegen er ihr sagte, im Moment keine Lust zu haben. Dass es nicht um Geld geht, ließ sie ihn wissen, während sie sich zu ihm setzte. Als sie den wahren Grund offenbarte, dachte er wohl sie ist verrückt. Trotzdem blieb er nett und sie kamen ins Gespräch. Soviel uns bekannt ist, hat sie sich ein paar Mal mit ihm im Hotel getroffen. Valeria wollte unbedingt mit ihm ins Bett, um herauszufinden, ob er sich in dieser Hinsicht von den Anderen unterschied. Das war ihm natürlich recht, da sie es ja nicht für Geld machte. Lange hat es aber nicht gehalten, denn der Mann, der sich Markus nannte, war nur kurzfristig aus beruflichen Gründen in Berlin. Jedenfalls war sie zu dem Zeitpunkt, als er wieder verschwand noch sehr lebendig. Es wäre denkbar, dass sie ihn durch die Aktion mit den Pillen im Hotelbett unter Druck setzen wollte, sie nicht zu verlassen. Kurz darauf ist sie bei uns ausgezogen, um Abstand zu gewinnen, wie sie sagte. Wir mussten einsehen, dass wir sie nicht endlos lange in unser Leben integrieren konnten, zeigten Verständnis und wünschten ihr alles Gute für die Zukunft. Albert und ich reisten gleich anschließend für ein halbes Jahr nach Indien. Über Valerias Tod wurden wir durch die Polizei informiert. Die Nachricht hat uns sehr erschüttert. Da wir aber an die Vorsehung glauben, gehen wir davon aus, unser aller Weg durch das Leben, steht an dem Tag fest, an dem wir das Licht der Welt erblicken.« »Markus, der Erstbesitzer des Notebooks, von dem ich erzählt habe, hat sich ebenfalls das Leben genommen, allerdings erst eine ganze Zeit später«, sagte Dany leise. »Möglicherweise hat er in den Medien von Valerias Entschluss erfahren, sich aber nicht gemeldet. Schuldgefühle gepaart mit Einsamkeit wären eine Erklärung für sein freiwilliges Ableben.« »Wäre denkbar«, stimmte Marlies zu. Danielle bedankte sich für das Gespräch und sagte, dass sie gehen muss, da sie ihren Zug zurück nach Köln am Abend nicht verpassen will. Auch ihre Gastgeberin war hoch erfreut über die zusätzlichen Informationen, welche sie erhielt. Nachdem sie ein Taxi gerufen hatte, brachte Marlies sie zurück zur Einfahrt und wünschte ihr eine gute Reise.

Bei der Abfahrt des Zuges von Berlin nach Köln betrachtete Danielle die beleuchteten Fenster der Häuser, die vom moderaten Rauschen des Zuges begleitet, vorbei zogen. Sie musste an die unzähligen Schicksale denken, die sich dahinter verbergen, all die Ängste, Träume und unerfüllten Sehnsüchte. Auch an den Maler und ihr Bild erinnerte sie, mit einem Lächeln stellte sie sich vor, wie es fremde Menschen in einer Ausstellung ansehen und sich Gedanken machen über sie, die Frau auf dem Bild.

Experimente

Die letzten Minuten des Tages waren angebrochen, als sie ihre Wohnungstür öffnete. Da sie die Heizungsregler vor ihrer Abfahrt auf Frostschutz gestellt hatte, kam es ihr in der Wohnung kaum gemütlicher vor, als draußen. Sie stellte die Reisetasche im Flur ab und suchte nicht viel später Erholung im Schlaf.

Froh war sie, Silke am nächsten Tag im Büro wieder zu sehen, um ihre Neuigkeiten los zu werden. Mit einem schelmischen: »Guten Morgen Miss Marple!«, wurde sie empfangen. Silkes Augen weiteten sich zusehends, als sie hörte, was in Berlin gelaufen ist. Nachdem Dany mit ihrem Bericht am Ende war, fragte sie: »Hast du die Adresse von dem Maler noch? Ich wollte mich auch schon lange mal in Öl verewigen lassen, bevor ich zu alt bin und mein Körper verschrumpelt und unansehnlich ist.« »Was für ein Motiv stellst du dir denn vor?« »Entweder wie ich auf dem Klo sitze und rauche oder wie der Torsten vor mir kniet und meine Füße küsst. Das wäre nach meinem Geschmack.« Dany musste lachen. »Steht der Torsten denn auf so was?« »Bis jetzt noch nicht, dass könnte sich aber ändern, wenn ich ihm einen Ring anstecke und ihn damit zu meinem Ehesklaven mache«, antwortete Silke mit träumerischem Blick. »Ihr wollt Heiraten?« »Ja im Mai nächstes Jahr. Wenn du dann immer noch Single bist, werde ich dir den Brautjungfernstrauß mitten ins Gesicht werfen! ... Okay, dass mit dem Strauß war nur ein Scherz. Wenn du aber immer einsam zu Hause rum hockst, nimmt es kein gutes Ende mit dir, schließlich bist du noch jung.« »Du hast ja recht. Ich habe mir darüber auch schon Gedanken gemacht, deswegen besuche ab nächste Woche einen Kochkurs, für Diätgerichte!« »Weißt du schon, ob auch Männer teilnehmen?« »Ja das Verhältnis soll sogar fast ausgewogen sein, hat mir der Seminarleiter am Telefon mitgeteilt.« »So eine schlechte Idee ist das eigentlich gar nicht. Das wäre auch was für meinen Torsten, dann könnte er für mich kochen!« Beide lachten und vertieften sich wieder in ihre Arbeit.

Am ersten Abend des Kochkurses, der Donnerstag, um 18:30 Uhr begann, erschien Danielle fünf Minuten nach der Zeit. So blieb ihr nur ein Platz in der ersten Reihe. Der Seminarleiter, ein Mann Mitte dreißig, mit kurzem braunem Haar und leichtem Bauchansatz, stellte sich gerade als Hans Habermann vor. Hauptberuflich teilte er mit, arbeitet er bei den Wasserwerken als Lebensmittelchemiker. Um den Nutzen von Diätgerichten nicht in Zweifel zu stellen, gab er bekannt, sein Gewicht im Verlauf des Kurses, um mindestens ein Kilo verringern zu wollen. Seinen Bauch erklärte er, hätte er sich extra zum Zweck der Beweisführung zugelegt. Was Gelächter hervorrief. Im Übrigen muss für seine Begriffe nicht jeder wie eine Bohnenstange aussehen. Dany mochte ihn auf Anhieb. Während des praktischen Teils, zum Abschluss des ersten Tages, stand die Zubereitung eines Salates auf dem Plan. Als Hans dicht bei Danielle stand und ihr über die Schulter schaute, sagte sie: »Da hat es Ihre Frau ja richtig gut, bei so viel Abwechslung in der Küche!« Hans schmunzelte. »Meine Freundin, verheiratet bin ich nicht.« Mit Enttäuschung nahm Dany zur Kenntnis, dass Hans gebunden ist. Da sie von einem Partner träumte, dessen Zuneigung nur ihr alleine gehört, verabschiedete sie sich von dem Gedanken, den Seminarleiter zu verführen. Die anderen Teilnehmer waren zuvor nicht Gegenstand ihrer Betrachtungen, doch jetzt sah sie sich gezielt um. Sie erstellte gerade in Gedanken eine Rangliste, wer noch infrage kommt, als sie vorsichtig am rechten Arm berührt wurde. Ein junger schlanker Mann mit lockigem, längerem braunen Haar, der sich zu Beginn des Kurses als Jochen Friemelmann vorgestellt hatte, schlug Danielle vor, gegenseitig die Ergebnisse ihrer Arbeit zu probieren. Da er recht weit oben auf Danys Rangliste zu finden war, nahm sie seinen Vorschlag an. Während er sich Danielles Salat im Handumdrehen rein stopfte, teilte Jochen mit Chemie zu studieren. Das Seminar interessierte ihn, weil er sich vorgenommen hatte Vegetarier zu werden. Dany fragte, ob er sich auch mit Pflanzen auskennt, die man zur Zubereitung von Getränken nutzen kann. Jochen nahm an, dass sie nicht auf Tee, Wein oder Obstsaft anspielte. »Nur weil ich Student bin, muss ich doch nicht automatisch Drogen nehmen«, protestierte er, wobei er sich Spuren des Salatdressings vom Mund wischte. »Nein beruhige dich, es geht nicht um Drogen in dem Sinn«, sagte Danielle, während sie den letzten Rest vom Teller mit der Gabel in ihren Mund beförderte. »Ich denke dabei an Alkohol, der zwar helfen soll, den Kopf freizubekommen, aber die Gedanken dabei nicht ausbremst. So wie ich gehört habe, gibt es spezielle Weinsorten, die das ermöglichen.« Jochen sah sie nachdenklich an. »Naja, hochwertiger Alkohol mit möglichst wenigen Zusätzen, in nicht zu großer Menge konsumiert, könnte ansatzweise solche Effekte haben. Das ist aber eine individuelle Geschichte. Der Eine verträgt mehr, der Andere eben weniger. Da musst du ein bisschen was investieren in den Alk und nachher experimentieren, mit der Menge, mit leerem und vollem Magen und weiteren denkbaren Einflüssen, wie zum Beispiel Medikamente abzusetzen, wenn möglich.« Nachdem sie das Geschirr zusammengestellt hatten, um die Reinigung in der Spülmaschine vorzubereiten, machten sie sich auf den Heimweg.

»Ein Student?«, fragte am nächsten Tag Silke im Büro. »Ja stimmt, ein bisschen jung ist er schon. Wir können uns ja erst mal anfreunden, wenn es mehr wird, ist es in Ordnung und wenn nicht ist es auch gut.« Dany wollte unbedingt probieren, in die Tiefen ihrer Seele vorzudringen, was sie aber Silke gegenüber nicht erwähnte. Deshalb kam ihr Jochen gerade recht, denn sie mochte gesundheitlich nicht zu viel riskieren, insbesondere keine bleibenden Schäden. Der Vorfall mit Valeria hatte sie zwar nachhaltig erschreckt, doch ihr Erkenntnisdrang ließ ihr einfach keine Ruhe. Sie ging eben davon aus, dass Valeria freiwillig abgeflogen ist, weil Markus sie verlassen hat und nicht wegen der Erlebnisse mit der Zwischenwelt. Das Internet diente ihr für das Vorhaben als Wissensbasis, teilweise hatte sie ja schon vor der Reise nach Berlin recherchiert. Eine Beschreibung über einen Kerzenhalter, der das Leuchtmittel auf einem Magnetfeld schweben lässt und auf Gedanken reagiert, konnte sie jedoch nirgends finden. In Berlin hatte sie versäumt, Marlies danach zu fragen. Sich jetzt noch mal bei Albert und seiner Frau zu melden, bezüglich derartiger Informationen kam ihr auch nicht passend vor.

Zum nächsten Kochkurstermin setzte sie sich gleich neben Jochen. Sie stand zu dieser Zeit ja noch mehr auf die unerfahrenen Typen und da war sie bei Jochen an der richtigen Adresse. Im Verlauf der Veranstaltung fragte sie Jochen nebenher, wann er am nächsten Tag zur Uni muss. »Die erste Vorlesung ist um halb zehn«, gab er von sich. Nachdem sie eine selbst kreierte vegetarische Pizza genüsslich verspeist hatten, fragte Danielle, ob er noch kurz mit zu ihr kommen würde. Sie hätte ein paar Fragen und bräuchte fachmännischen

Rat bezüglich der Machbarkeit eines technischen Vorhabens. Jochen schaute sie mit großen Augen und leichter Röte im Gesicht an. »So ein super Fachmann bin ich bis jetzt noch nicht. Aber ich will gerne versuchen zu helfen.« »Schön«, sagte Dany, »du kannst mit mir fahren.« Er war froh mal nicht auf die Straßenbahn warten zu müssen, als er zustimmte. In Ihrer Wohnung bot sie Jochen, nachdem er abgelegt hatte, einen Platz auf dem Sofa an. Ohne groß zu fragen, brachte sie gleich zwei Flaschen Bier mit, welche sie in der rechten Hand hielt. Sie setzte sich links neben ihn, öffnete das Bier mit einem Flaschenöffner, welcher auf dem Tisch lag, und schaltete mit der Fernbedienung das Radio ein. Bevor sie tranken, stießen sie mit den Flaschen an. Jochen sah seine Gastgeberin an. »Also worum geht es denn?« Danielle teilte ihm mit, was ihr vorschwebte, ein Kerzenhalter wie jener, von dem Valerias Schwester berichtet hatte. Jochen führte ins Feld, dass die Aufgabe eher was für einen Physiker ist und seine Spezialität eben die Chemie und nicht die Physik ist. »Hast du eine Fünf in Physik?«, hakte Dany enttäuscht nach. »Nein, eine Zwei«, gab der Student freimütig zu. »Na also, dann kannst du mir dabei sicher auch Helfen!« Jochen schaute ernst und nachdenklich, nahm einen Zug aus der Flasche. »Ich sehe mal, was sich machen lässt.« Er notierte sich die Spezifikation für den Leuchter und steckte sich den Zettel in seine rechte Gesäßtasche. »Danke«, sagte Danielle, legte ihren rechten Arm um ihn und gab ihm einen Kuss auf die linke Wange. Jochen drehte seinen Kopf, sodass sich ihre Münder berühren konnten, legte seine Lippen auf ihre und küsste sie zaghaft. Sie erwiderte seine Intimitäten und fasste ihn dabei in den Schritt. Zügig kamen die beiden in Fahrt und halfen sich gegenseitig beim fallenlassen der Hüllen. Dany setzte sich frontal auf seinen Schoß, nachdem sie ihm einen Gummi übergestreift hatte, den sie aus einer Sofaritze hervorzauberte. Da sie oben war, bestimmte sie auch maßgeblich das Tempo und sorgte durch ihre geschickten Bewegungen für den eigenen Höhenflug. Erfüllt und glücklich blieben beide noch eine Weile auf dem Sofa liegen. »Du kannst bei mir schlafen. Morgen muss ich sowieso vor dir aufstehen. Da fahr ich dich auf dem Weg zur Arbeit zu deiner WG.« Jochen nickte begeistert und fühlte sich wie nach einem Hauptgewinn.

Der Wecker riss Danielle aus ihren Träumen. Beim ersten Signal schaltete sie den Ruhestörer aus, um Jochen noch ein paar Minuten Schlaf zu gönnen. Als sie aus dem Bad zurückkam, bemerkte sie, dass Jochen aus der Bettdecke ein Zelt hatte werden lassen. Sie stand lächelnd an den Türrahmen gelehnt, während sie das Naturschauspiel eine Weile betrachtete. Dann verschwand sie in der Küche, um den Tisch zu decken. Im Bett wollte sie keine Krümel, so weckte sie Jochen. Beschwingt begrüßte er Dany, die bereits Platz genommen hatte, mit einem Kuss auf den Mund. Wie versprochen setzte sie ihn auf dem Weg zur Arbeit vor seiner Wohnung ab. Danielles eigentliches Ansinnen war es, die Informationen von Jochen zu bekommen, nach denen sie bisher vergeblich suchte. Die Aussicht auf ein gemeinsames Leben mit ihm sah sie mit reichlich Skepsis. Zwar war sie Single, mit den länger dauernden Beziehungen davor, hatte sie jedoch etwas verloren in ihrer Seele, dass sich nicht so leicht wiederfinden ließ. Immerhin bedauerte sie ihn innerlich ein wenig, nachdem sie wieder an ihrem Schreibtisch saß und an ihn dachte. Oft genug waren es die Männer, die sie bis jetzt ausgenutzt hatten, nun war es halt mal anders herum, basta. Genau genommen bekam er ja auch was dafür, Sexunterricht von einer erfahrenen Frau. 'Es gibt Leute, die für weniger arbeiten', dachte Dany selbstgefällig. Heimlich und ganz für sich, trug sie sich mit der Hoffnung, ein Equipment zu bekommen, welches sie zu einem sorgenfreien Leben führt. Im speziellen dachte sie an einen großen Lottogewinn oder einen wirklich gut betuchten Typen, welcher ihr gefällt, sie regelmäßig befriedigt und sie auf Händen trägt. Das nicht alles in Bezug auf Grenzerfahrungen haltloser Hokuspokus ist, erfuhr Danielle bei ihren Begegnungen mit Timea und Marlies sowie aus der einschlägigen Literatur.

Jochen stand noch am selben Abend wieder vor der Tür seiner neuen Freundin. 'Gut, das ich es heute Morgen nicht noch mal mit ihm getrieben habe', überlegte Dany, so bleibt er wenigstens am Ball, in der Sache. Was Jochen zusammentrug, war zwar unerwartet für Danielle, dennoch keimte neue Hoffnung in ihr auf. Der Student teilte ihr mit, dass es ohne immens teures Spezialknowhow nicht machbar ist, einen Kerzenhalter, wie sie ihn beschrieb, herzustellen. Probleme sah er schon in der Beschaffung des magnetisch hochsensitiven Metalls, welches die Kerze trug. Weil er aber vor seiner neuen Liebe glänzen wollte, dachte er sich Alternativen aus. »Eine modifizierte Variante könnte ich versuchen zu basteln«, bot er sich an, »mit einer Kerze, die auf einer Flüssigkeit schwimmt. Anstelle des teuren Materials, gieße ich einfach eine Kerzenfassung aus Kunstharz. In das Kunstharz fülle ich Eisenteile und eventuell integriere ich Hohlräume in das Harz, um die Schwimmfähigkeit der Fassung zu erhöhen. Ein der Beschreibung entsprechendes Kristallglas zu besorgen, ist sicher nicht das Problem. Die Frage ist allerdings, ob Farbe und Schliff eine große Toleranz zulassen, damit die gewünschte Wirkung erzielt wird. Wenn es nicht funktioniert, das Licht durch Gedankenbündelung zu beeinflussen, lege ich eine Kupferspule aussen herum um das Kristall. Dazu baue ich einen Verstärker, mit dessen Hilfe deine Hirnströme die Spule ansteuern, ungefähr so, wie einen Elektromotor. Das könnte funktionieren!« »Meine Hirnströme? Wie sollen die zum Verstärker kommen? Was ist, wenn ich einen Schlag bekomme?« Jochen kicherte. »Nach einem Stromschlag von dem Ding, wirst du mir für immer hörig sein! ...« Gleich darauf nahm er Dany, die dezent verstört dreinblickte, in die Arme. »Nein Quatsch, dass war nur ein Scherz. Um die Hirnströme abzugreifen, nehmen wir ganz einfache Haftelektroden, wie sie zu den bekannten Reizstromgeräten geliefert werden. Einen Schlag bekommst du garantiert nicht, weil die ganze Apparatur mit einem handelsüblichen Steckernetzteil über ungefährliche Kleinspannung betrieben wird. Die Haftelektroden haben den Vorteil, dass du empirisch ermitteln kannst, ob überhaupt eine geeignete Stelle verfügbar ist, um dein Ziel zu erreichen. Wo genau du die Dinger ankleben musst, kann ich dir nämlich auch nicht sagen.« Danielle entspannte sich und drückte ihre Begeisterung mit intensiven freizügigen Intimitäten aus, welche Jochen in Verzückung versetzten.

In der Zwischenzeit, während der Student am Basteln war, traf sie sich mehrmals mit ihm, zu ihrem eigenen Vergnügen, aber auch um ihn zu motivieren.

Danys Plan sah vor, Jochen als eine Art Versuchskaninchen zu benutzen. Für den Fall, dass er doch was falsch gemacht oder gelogen hätte, müsste er dann auch die Konsequenzen tragen. Die neue Freundin des Studenten, suchte mit Bedacht ein Wochenende aus, für den Fall, das Jochen unerwartet lang anhaltende Koordinationsstörungen oder andere Probleme heimsuchen würden. Da sie ernstliche Schäden unbedingt verhindern wollte, waren die Nummern aller ärztlichen Notdienste, in ihrem Telefon gespeichert. Darüber hinaus war Danielle mit Maßnahmen zur Ersten Hilfe vertraut.

An einem Samstag in der dritten Märzwoche des Jahres 2009 fand die Premiere statt. Dany plante einen romantischen Kochabend bei sich zu Hause. Die Zutaten zum Essen hatte sie bereits alle besorgt. Es sollte ein Fantasiesalat werden und ein Kartoffelauflauf mit Sellerie und Karotten, gekrönt mit Schnittlauch. Um für Jochen den Abend reizvoll zu gestalten, war Danielle in ein extrem kurzes hellgelbes Kleid geschlüpft und hatte auf Unterwäsche verzichtet. Bevor er kam, probierte sie vor dem Spiegel, wie weit sie sich beugen muss, um freie Einblicke zu gewähren. Jochen stand um 17:30 Uhr vor Danys Tür. Nach dem Begrüßungskuss, sagte sie:»Lass uns am besten gleich mit dem Kochen beginnen!« Sie wartete in der Küche, bis der Student abgelegt hatte. Als er zu ihr kam, beauftragte sie ihn mit dem schälen der Kartoffeln. Zu diesem Zweck stand schon eine große Schüssel auf dem Tisch. Er setzte sich auf einen Stuhl davor und wollte beginnen. Es lag nur ein Messer auf dem Tisch.»Hast du keinen Kartoffelschäler?«, fragte er.»Doch Sekunde irgendwo hab ich einen«, erwiderte Danielle und bückte sich so, dass Jochen unmöglich verpassen konnte, was sie ihm zeigen wollte. Als sie ihm den Schäler brachte, sah sie wie seine Augen funkelten. Er legte seine Hände auf ihren Po. Sie drehte sich mit dem Rücken zu ihm, hob ihr Kleid blieb aber aufrecht stehen.»Küss mich!«, hauchte sie, während sie ihren Kopf nach links über die Schulter zu Jochen drehte. Er legte seine Hände auf ihren Bauch und ließ seine Lippen von der Mitte ihres Rückens abwärts wandern. Als er gerade den Bereich der Lenden liebkoste, nahm sie seine Hände von ihren Hüften, drehte sich um und griff sein Kinn zwischen Daumen und Zeigefinger.»Lass uns erst Essen«, flüsterte sie, wobei sie ihm tief in die Augen sah.»Aber das dauert noch eine ganze Weile«, ließ Jochen mit Enttäuschung in der Stimme hören und warf dabei ein Stück Kartoffel trotzig ins Wasser.»Ja aber dafür hast du die Vorfreude!« Er nickte leicht schmollend und widmete sich wieder den Erdäpfeln. Dany glaubte zu beobachten, dass sie ihn nie zuvor so schnell hatte arbeiten sehen. Im Verlauf der Vorbereitungen zum Essen streifte sie ihn mehrmals mit ihrem Körper wie zufällig. Während der Auflauf in der Backröhre garte, verzehrten sie den Salat im Wohnzimmer am Esstisch, wobei sich die beiden direkt gegenüber saßen.»Ich sehe mal nach dem Auflauf«, sagte Danielle, als ihr Teller blank war, und stand auf. Die leere Salatschüssel nahm sie mit.»Der ist gleich fertig, mach schon mal den Wein auf!«, rief sie aus der Küche. Jochen entkorkte den Rotwein probierte und füllte dann die langstieligen Weingläser. Seine Freundin kehrte mit dem Auflauf, der sich in einer länglichen Schale befand, zurück an den Tisch. Noch während des Essens waren sich beide einig, so etwas Köstliches öfter ein zu Planen.»Jetzt noch schnell den Abwasch«, meinte Dany, als sie mit der Mahlzeit geendet hatten.»Ich mach das schon, vor der Spüle ist eh nur Platz für einen, außerdem ist es ja nicht viel«, entgegnete Jochen und verzog sich samt Porzellan und Besteck in die Küche. Sie folgte ihm und griff sich einen feuchten Lappen, um den Tisch zu reinigen. Wenige Minuten später saßen die beiden sich wieder am Tisch gegenüber. Der Student präsentierte seine Bastelarbeit. Eingehend erklärte er alle Bestandteile, seine Freundin hörte aufmerksam zu und stellte eine Menge Fragen. »Hast du es auch schon mal getestet? Ich meine bezüglich der vorgesehenen Verwendung«, wollte sie zum Schluss wissen. »Ja und ich habe es tatsächlich geschafft, die Kerze mithilfe meiner Konzentration zu bewegen. Einen Trancezustand konnte ich dadurch jedoch nicht erreichen.« »Na immerhin hat sich ja doch schon mal was getan. Aller Anfang ist schwer. Kannst du es mir gleich mal vorführen?«, fragte sie ungeduldig. Jochen nickte. »Ich wills versuchen!« Ein paar Minuten später saß er vor der im Glas schwimmenden Kerze, mit den Elektroden am Kopf. Sie hatten alles, was nicht direkt zur Apparatur gehörte, vom Tisch entfernt. Die einzige Lichtquelle im Raum, war die Kerze in dem Kristallglas. Die beiden hatten sich darauf geeinigt, den Tisch nicht zu berühren, um das Resultat nicht zu verfälschen. Nach einer Weile veränderte die Kerze tatsächlich, wie von Geisterhand, mehrfach ihre Position. Dany hatte den Verstärker, der die Verbindung von Jochens Hirn zur Spule herstellte, welche die Kerze antrieb, auf ihren Knien. Sie begann, die Regler für die Verstärkung und die sechs Frequenzfilter abwechselnd von einem Endanschlag zum anderen zu drehen. Dabei behielt sie Jochen genau im Auge, um festzustellen, ob sich irgendwann Zuckungen, als Folge zu kräftiger Elektrizität bei ihm bemerkbar machen. Zufrieden stellte sie fest, dass es keine Einstellung gab, welche ihn zum Zappeln oder Schreien veranlasste. Schließlich brach sie den Test ab. Ihr Freund entfernte die Elektroden von seinem Kopf und sie schaltete das Licht wieder ein. Nachdem Dany die Weingläser großzügig gefüllt, und mit ihm angestoßen hatte, interviewte sie den Bastler. Auf die Frage, an was er dachte, als sich die Kerze bewegte, antwortete er: »Ein Moralapostel würde es garantiert als unanständig bezeichnen. Ein Feedback in Form von Visionen habe ich aber auch dieses mal nicht erlebt.« Seine Freundin schmunzelte. »Na ja, ich denke du bist einfach zu sehr auf deinen kleinen Freund fixiert, und möglicherweise auch auf dein Studium, deshalb kommst du nicht auf eine andere Ebene. Davon abgesehen, soll man auch keine enge Kleidung tragen, um den Kreislauf nicht zu behindern, wenn man meditiert, weil die Konzentration darunter leiden kann.« »Da kannst du Recht haben. Mit meiner Konzentration, in puncto Meditation ist es nicht weit her, da müsste ich noch reichlich trainieren, damit es einen Sinn hat. Momentan bin ich eben anders drauf. Ich hab das ja auch nur wegen dir gemacht«, stimmte Jochen ihr zu. »Na fein, dann lassen wir das mit dem Leuchter jetzt und machen etwas, was dich mehr begeistert«, schlug die gut gebaute Blondine vor. Auf einer freien Fläche, des Wohnzimmerbodens breitete Danielle eine große dicke weiche Decke aus, setzte sich darauf und forderte ihren Freund auf, mit der zweiten Weinflasche zu ihm zu kommen.

Am späten Sonntagvormittag brachte Dany den Studenten zu seiner WG, da er sich noch intensiv für die kommende Woche vorbereiten musste. Im Anschluss fuhr sie in die Innenstadt und machte einen Spaziergang am Rhein. Sie brauchte die frische Luft, um durchzuatmen und ihre Gedanken zu ordnen. Genau genommen hatte sie alles, was sie zum Leben brauchte, eine Wohnung, einen Job und Jochen, der ihre körperlichen Bedürfnisse befriedigte. Dennoch gab es eine innerliche Unruhe, die sie rastlos machte, die Sehnsucht neue Erfahrungen zu sammeln. Jochen würde sie in absehbarer Zeit nicht Heiraten, da er noch mehrere Semester zu studieren hatte. Da wäre sie gefordert, alle Verbindlichkeiten zu begleichen. Alleinerziehende Mutter wollte sie auf keinen Fall werden. Genau betrachtet durfte sie die Beziehung mit Jochen nicht unbegrenzt aufrechterhalten, nicht wenn sie eine Familie gründen wollte. 'Kommt Zeit kommt Rat', dachte sie.

Wieder in ihrer Wohnung, setzte sie sich mit einem Buch in den Sessel. Beim Umblättern kreuzte ihr Blick die Apparatur, welche sie am vergangenen Abend auf der Schrankwand abgestellt hatte. 'Ich probiere das Ding jetzt einfach selbst mal aus, bis morgen ist ja noch genug Zeit, wieder auf die Beine zu kommen, falls es bei mir eine durchschlagende Wirkung zeigt', überlegte Danielle. Vorsichtshalber suchte sie vorher die Toilette auf. Sie wechselte auf das Sofa, füllte ein Cognac-Glas mit einer recht teuren Sorte von dem Getränk, für welches das Trinkgefäß vorgesehen war. Im Liegen leerte sie das Glas zur Hälfte. Während sie auf das Einsetzen der Wirkung wartete, sah sie erst an die Zimmerdecke, dann schloss sie ihre Augen. Einige Minuten weiter, verspürte sie ein wohliges Behagen in ihrer Magengegend. Dany stand auf und lief zum Kristallleuchter, um ihn samt Zubehör auf den Esstisch zu stellen. Vor Jochens Bastelarbeit stehend, gefiel ihr der Gedanke besser, das Equipment am freien Ende der Relax-Couch auf einen Hocker zu platzieren, um sich im Liegen der Meditation hin zu geben. Nachdem Danielle alles eingerichtete hatte, schloss sie die Jalousien, damit sie sich besser auf das Licht der Kerze konzentrieren konnte. Sie zog sich komplett aus und verzichtete darauf, spezielle Kleidung zu tragen, denn ganz ohne irgendwelche Stoffe am Körper, sollten die Säfte am besten zirkulieren können. Vor dem Leuchter liegend brachte sie die Haftelektroden an den Stellen ihres Kopfes an, an denen sie ihr Student am Abend zuvor bei sich befestigte. Es dauerte sehr lange, bevor sie eine für sich passende Einstellung fand, welche die Kerze antrieb. Allerdings konzentrierte sie sich für das Erste darauf, die Kerze in Bewegung zu versetzen, wirkliche Meditation war das noch nicht. Nach Überwindung der Startschwierigkeiten, versuchte sie den Alltag im Gedankenhintergrund ab zu schütteln, was jedoch erst gelang, als sie nebenbei leise Entspannungsmusik laufen ließ. Die Augen auf das schwache Licht fixiert, konzentrierte sie sich auf die Zukunft, in Hinsicht auf einen Partner und die künftigen Lebensumstände. Nebenbei nippelte sie gelegentlich am Cognac. Das vor ihren Augen tanzende Licht, wirkte in Kombination mit dem Alkohol auf angenehme Weise einschläfernd auf Dany. Nach zwanzig Minuten befand sie sich in einem Zustand zwischen Schlaf und Wachsein. Sie kämpfte dagegen an, ein zu schlafen, was ihr aber immer schwerer fiel. Bevor ihre Sinne schwanden, glaubte sie ins Bodenlose zu fallen, weshalb sie auf dem Bauch liegend, Arme und Beine halt suchend, nach den Seiten des zur Liegefläche umfunktionierten Sofas ausstreckte.

Die Traumbilder wichen zunehmend der Dunkelheit, als sie ein intensives Gefühl von Berührungen empfand. Aus der Ferne hörte sie eine Stimme, konnte sie aber nicht genau verstehen. Plötzlich wurde sie von etwas eisig Kaltem geweckt. Die Augen weit aufgerissen fragte sie: »Was ist? Wo bin ich?« »Ich bins deine Schwester Susanne. Was machst du denn für Sachen?« Danielle schaute an sich hinab, dann zur linken Seite. »Wie kommst du denn hier her Susanne?« »Ich habe mehrmals probiert, dich anzurufen. Als du dich um 21 Uhr noch immer nicht gemeldet hast, bin ich hergefahren.« »21 Uhr?« Dany drehte sich weiter nach links und sah nach der Wanduhr. Es war vier Minuten nach 23 Uhr. »Ich bin mit dem Schlüssel, den du mir gegeben hast rein gekommen. Ich habe dich hier auf der ausgeklappten Couch gefunden, mit der Verkabelung am Kopf. Als ich dich angefasst habe, um den Puls zu fühlen, bliebst du vollkommen regungslos, auch auf mein Rütteln an deinem Körper hast du kaum reagiert. Na ja es war schon recht gespenstisch. Im ersten Moment habe ich darüber nachgedacht, einen Arzt zu holen. Das Telefon hielt ich schon in der Hand. Dann sind mir Bedenken gekommen, wegen dem ganzen Trubel den ein Arztbesuch verursacht. Deshalb probierte ich, dich mit kaltem Wasser zu wecken, was erfreulicherweise funktionierte. Du wolltest dich doch hoffentlich nicht umbringen oder?« »Nein garantiert nicht, es war ein Experiment!« Danielle stand auf und machte sich auf die Suche nach einem Durstlöscher. Susanne folgte ihr in die Küche. In kurzen Worten erklärte Dany ihrer Schwester, wie es dazu gekommen war. »Es war doch nicht gut, dass du das Notebook ersteigert hast! Ohne das Ding wäre, dass hier bestimmt nicht passiert!«, sagte Susanne vorwurfsvoll. »Jetzt beruhige dich doch! Ich wusste, dass es nicht gefährlich ist! Gestern habe ich den Apparat am Jochen getestet. Zu keiner Zeit gab es irgendwelche Schmerzempfindungen.« »Dieser Zustand hat dir also gefallen?« »Ja teilweise schon, noch nie zuvor hatte ich so tolle Träume. Es liefen eigentlich mehrere Geschichten gleichzeitig. Sie waren einzeln dreidimensional verpackt, in flüssige Formen, wie Pyramiden, Kugeln, Kegel und weitere eigenartige Gebilde. Sie blieben nicht konstant in ihrer Erscheinung, Kugeln wurden zum Beispiel zu Rechtecken, um kurz darauf aufs Neue ihre Form zu ändern. Ich habe mich schwerelos zwischen diesen Formen bewegt und konnte in die Geschichten eintauchen, wie ein Tropfen Milch in einen Kaffee.« »Willst du deinen Verstand aufs Spiel setzten?«, fragte Susanne scharf mit ernster Miene, wobei sie die Arme vor der Brust verschränkte. »Auf keinen Fall! Ob es zu Folgeerscheinungen kommt, werde ich in der nächsten Zeit feststellen! Bis dahin setze ich die Versuche erst mal aus!« »Na du musst es wissen Danielle, sei aber vorsichtig, nicht das du so endest wie Ikarus!« Nachdem Susanne gegangen war, wendete sich Dany der Körperhygiene zu.

Der Bauernhof

Am nächsten Tag im Büro erzählte Silke zuerst, wie ihr Wochenende gelaufen war. »Der Torsten wollte mich seinen Eltern vorstellen. Sie wohnen auf einem Bauernhof circa 120 km nordöstlich von Köln. Mir war es recht, denn schließlich ist es ja nicht mehr lange hin, bis zu unserer Hochzeit. Wir sind am Samstagmorgen gefahren und waren kurz nach Mittag am Ziel. Zwischendurch haben wir eine längere Pause, auf einem unbelebten Parkplatz an der Autobahn gemacht. Der Torsten ist regelrecht über mich hergefallen sage ich dir. Das kann vielleicht auch ein wenig daran gelegen haben, dass ich ihn während der Fahrt mit der linken Hand gestreichelt habe und oben ohne neben ihm saß.« »Ja ganz ausschließen kann man nicht, dass dieser Schuft dadurch scharf geworden ist«, pflichtete Danielle ihrer Freundin bei. Beide lachten, dann erzählte Silke weiter. »Der Hof seiner Eltern ist ein sehr romantischer Ort. In kurzer Entfernung zum Wohnhaus gibt es noch eine Scheune und ein paar Gewächshäuser, in denen Küchenkräuter angebaut werden. Vor wenigen Jahren haben seine Eltern einen großen Teil ihrer Äcker verkauft. Da sie nicht viele Tiere haben, gibt es auch kein großes Problem mit der Scheiße. Gummistiefel habe ich zum Glück nicht gebraucht. Seine Eltern sind sehr nett und natürlich. Krista seine Mutter kann richtig gut kochen. Sie hat uns mit Entenbraten, Rotkohl und Klößen verwöhnt, als wir eintrafen. Ein Geschmack sage ich dir, umwerfend gut, so was habe ich noch in keinem Restaurant bekommen. Es könnte natürlich auch mit daran liegen, dass das Schnabeltier, welches unsere Gaumen erfreute, ein glückliches Leben hatte, und anschließend nicht jahrelang in einem Kühlhaus davon abgehalten wurde, sich zu transformieren. So viel auf einmal habe ich jedenfalls schon ewig nicht mehr gefressen. Weil mein Bauch leicht spannte, haben wir nach der Mahlzeit einen Spaziergang durch die umliegenden Felder gemacht. Benno, ein zweieinhalb Jahre alter Foxterrier, der mit auf dem Hof lebt, hat uns begleitet. Ich habe mich gleich mit ihm angefreundet und hätte ihn am liebsten mitgenommen, als wir wieder nach Köln gefahren sind. Die Großstadt ist aber nichts für so ein Tier, da ist er auf seinem Bauernhof besser dran. Wer sollte sich auch um ihn kümmern, wenn ich an der Arbeit bin? Auf dem Rückweg hat Torsten mir die Scheune gezeigt. Sein Vater Manfred hat einen alten Opel darin stehen. Der fährt nicht mehr und steht nur dort, weil seinen Vater mit dem Auto viele Erinnerungen an die Jugend verbinden. Zu seinem achtzehnten Geburtstag bekam Manfred den Wagen von Torstens Opa geschenkt. Kaum waren wir wieder im Wohnhaus, sind wir erneut bewirtet worden. Zu Kaffee und Kuchen gab es Erdbeeren mit Schlagsahne. Den Abend haben wir gemeinsam vor dem Fernseher verbracht. Seine Eltern sind es gewohnt zeitig schlafen zu gehen, so haben sie sich kurz nach zehn verabschiedet. Viel länger haben wir es auch nicht ausgehalten. Müde von der Reise und dem langen Spaziergang sind wir ins Bett gefallen. Wir bewohnten die obere Etage, welche Torstens Reich war, bevor er nach Köln ging, um Banker zu werden. Nach dem sonntäglichen Frühstück sind wir zu einem befreundeten Bauernhof gefahren. Die Besitzer haben sich aufs Reiten spezialisiert. Da ich noch nie zuvor auf dem Rücken eines Pferdes saß, war ich in Erinnerung an die Winnetou-Filme voll freudiger Erwartung. Enttäuscht worden bin ich nicht. Eine dreiviertel Stunde nach dem wir losgeritten waren, wurde ich durch das Gehoppel extrem rollig. Wir visierten ein nahe gelegenes Waldstück an, um uns schnell zu entspannen, denn die Temperaturen lagen nur knapp über zehn Grad. Erst danach konnte ich die Umgebung ungetrübt wahrnehmen. Zum Mittag waren wir zurück bei seinen Eltern. Es gab Rindersteak mit Gnocchi und Bohnengemüse. Nach dem Essen haben wir uns die Gewächshäuser angesehen. Vor unserer Heimreise hat uns Krista mit selbst gemachter Torte zur Vesper bewirtet. Zu dem Zeitpunkt hatte ich bereits aufgehört, die Kalorien zu zählen. Diät kann ich ja hier machen, dass fällt bei dem Kantinenangebot erheblich leichter«, beendete Silke ihre Schilderung. Dany erzählte nur, dass sie den Samstag mit Jochen zu Hause verbracht hatte. Die Ausschweifungen erwähnte sie dabei nicht.

Am Montagabend erkundigte sich Susanne telefonisch bei Danielle nach ihrem Befinden. Sie machte sich trotz aller Beteuerungen das alles in bester Ordnung ist Sorgen, deshalb wollte sie ihrer Schwester am kommenden Donnerstagabend eine Stippvisite abstatten. Dany gab grünes Licht, erinnerte aber, dass sie am Freitag zur Arbeit muss. »Kein Problem, wir kommen nur auf einen Sprung«, sagte Susanne, bevor sie das Gespräch beendete.

Recht genau um 19 Uhr am Donnerstag ertönte die Klingel in Danielles Wohnung. Bei dem kurzen Gespräch teilte Susanne mit, dass Rainer und sie bald heiraten werden. Im vergangenen Jahr wurde Susanne nicht schwanger, obwohl sie die Pille vergessen hatte. Im Nachhinein wurde ihr klar, dass es nicht fair ist, einen Mann, noch dazu, wenn man ihn liebt, vor vollendete Tatsachen zu stellen. Auch kam sie zu der Überzeugung, dass es ein Kind der Liebe werden soll. Was heißt beide Partner sollen bei vollem Bewusstsein, Sex mit Kinderwunsch praktizieren. Bei Rainer stieß Susanne mit ihren Ansichten auf offene Ohren. »Im wievielten Monat bist du?«, fragte Dany, ihre Augen auf Susanne gerichtet. »Wir sind im zweiten Monat«, erwiderte Rainer stolz. Susanne klopfte ihm bewundernd auf die linke Schulter. Danielle zwinkerte ihm zu. »Uns schwebt als Heiratstermin der Juni vor«, fügte Susanne an. »Das passt, dieses Jahr habe ich noch keinen Urlaub geplant. Was wünscht ihr Euch zur Hochzeit?« »Wir werden einen Hochzeitstisch im Kaufhaus organisieren. Da bekommen wir nichts doppelt, und haben keinen Stress mit Umtausch oder Rückgabe.« »Prima Einfall!«, bemerkte Dany. »Und wann ist es bei dir soweit?«, fragte Rainer. »Wenn ich den passenden Mann dazu gefunden habe. Mit dem Jochen wird es so schnell nichts, der muss erst noch sechs Semester studieren, danach einen Job finden. Bis dahin bin ich schon fast zu alt, um an Familienplanung zu denken. Ist eben alles nicht so einfach!« Susanne und Rainer nickten. »Wir machen uns jetzt wieder auf den Weg«, sagte Susanne und erhob sich. Rainer folgte ihr, im Flur half er seiner zukünftigen Braut in die Jacke. »Kommt gut nach Hause«, wünschte Danielle den beiden an der Tür.

Am Tag darauf, zum Mittagessen in der Kantine der Versicherung, saß Dany mit Silke zusammen wie meistens um diese Zeit. »Ich weiß nicht was ich machen soll«, begann Danielle, »den Jochen muss ich wieder loswerden. Vor den Kopf stoßen will ich ihn aber nicht. Am wohlsten würde ich mich fühlen, wenn der Impuls von ihm ausginge.« »So schwierig ist das nicht«, sagte Silke mit halb vollem Mund. Nachdem sie alles heruntergeschluckt hatte, schlug sie vor, »Wir kompromittieren ihn einfach. Du wirst ihn dabei erwischen, wie er mit einer anderen herum macht.« »Und wie willst du das anstellen?«, fragte Dany neugierig. »Ich habe da eine Freundin, sie heißt Monika. Die totale Schlampe sage ich dir, trotzdem liegen ihr die Männer zu Füßen.« Silke kicherte. »Sie wird uns helfen. Die ist Single aus Überzeugung und nymphoman obendrein. Ich kenne sie schon seit einer Ewigkeit. Morgen schleppst du den Jochen in den 'Alten Wartesaal' zur Disco. Ich werde auch dort sein, mit Torsten zusammen. Wir spendieren dem Jochen ein paar Drinks zum Aufwärmen. Dann gehen wir zwei zusammen tanzen. Torsten verschwindet, um nach dem Auto zu sehen. In dieser Phase wird Monika auftauchen und Jochen anbaggern. Wenn er angebissen hat, schickt sie mir eine SMS, kurz darauf wirst du ihn ertappen.« »Hört sich an, als ob ihr so was schon öfter zusammen gemacht habt«, bemerkte Danielle erstaunt. »Ein paar Mal schon. Bei manchen Typen ist es eben so, wie jetzt bei dir mit deinem Studenten.«

Am späten Freitagnachmittag traf sich Danielle mit Jochen, denn sie wollte ihm wenigstens noch mal ihren Körper gönnen, um ihr Gewissen ein wenig zu erleichtern.

Am Samstag um fünf Minuten nach neun, setzte sie Jochen vor seiner Unterkunft ab, da er noch zu pauken hatte. Vor seiner Haustür, in Danys Auto, verabredeten sie sich für den Abend. Den samstäglichen Einkauf beschränkte Danielle auf das Nötigste. Außer Lebensmitteln landete nichts in ihrem Einkaufswagen. Danach rief sie noch mal bei Silke an, um sich zu vergewissern, dass alles wie vereinbart über die Bühne gehen wird. Abends kurz nach zehn, holte Dany ihren Studenten vor seiner WG ab. Eine halbe Stunde später gaben sie ihre Jacken an der Garderobe in der Disco ab. Zahlreiche Gäste waren zu dieser Zeit schon anwesend. Dany orderte eine Cola für sich und ein Bier für Jochen. Mit den Getränken in den Händen schlenderten sie durch die Räumlichkeiten. Nachdem sie alles in Augenschein genommen hatten, platzierten sie sich so, dass sie den Eingangsbereich überblicken konnten. Mit dem Austausch von Erlebnissen der vergangenen Woche überbrückten sie die Zeit bis zum Eintreffen von Silke und Torsten. Heimlich schaute Dany auch nach einer besonders attraktiven Frau, die Monika repräsentieren könnte. Silke wollte Danielle vorher nicht verraten, wie ihre Freundin aussieht, um den Plan nicht zu gefährden, wie sie meinte. Um 23:37 Uhr war es dann soweit. Silke erschien in Torstens Begleitung. Nach einer herzlichen Begrüßung bestellte Silke für sich und Danielle Tonicwasser pur und für die Männer Gin-Tonic. Zusehends schneller füllte sich das Partygewölbe. Die Musik wurde lauter. Torsten spülte den Rest seines Gins hinunter und bestellte gleich im Anschluss die nächste Runde. Silke rief: »Wir gehen jetzt tanzen«, und mischte sich mit Dany unter die wogende Menge. Während die beiden ekstatisch dem Rhythmus der Musik folgten, fand Torsten immer neue Gründe um Jochen zum Trinken zu animieren. »Auf die Uni Prost! ... Auf die Frauen Prost! ... Auf uns Prost! ... Auf den Erfinder des Alkohol Prost!« Nach dem vierten Gin, der mittlerweile nicht mehr durch Tonic verdünnt war, bemerkte Torsten wie vereinbart, dass er mal nach dem Wagen sehen muss, ob er wirklich abgeschlossen ist. »Scheiß Spiel«, sagte Torsten zu sich selbst, als er auf der Straße stand. Jochen kam sich verlassen vor an der Theke. Silkes Freund hatte ihm bevor er ging noch einen doppelten Gin bestellt und ihm auf die Schulter geklopft. Plötzlich berührte Jochen, der auf die Tanzfläche starrte jemand an seiner linken Seite. Langsam drehte er seinen Kopf, um zu sehen, wer was von ihm wollte. Er wurde von stahlblauen Augen fixiert, die teilweise von schwarzen, schulterlangen, zotteligen, Haaren verdeckt wurden. Das Gesicht zur Seite geneigt, stand ein circa eins sechzig großer Männertraum mit üppiger Oberweite vor Jochen. Ihr kurzes, von schmalen Trägern gehaltenes halbtransparentes schneeweißes Leinenkleid, gewährte tiefe Einblicke und bildete einen aufreizenden Kontrast zu ihrer gebräunten Haut. Die Fremde gab ihm zu verstehen, dass er sich ein Stück zu ihr herunter neigen sollte, damit sie nicht so schreien muss. »Willst du tanzen?«, fragte sie Jochen. »Nein! ... Das heißt wollen schon, aber ich bin nicht alleine hier.« »Im Moment bist du aber schon alleine, ich habe dich schon eine ganze Weile beobachtet. Erzähl mir nichts! Komm mit!« Monika reichte Jochen die Hand und führte ihn zur Tanzfläche in eine Ecke, von der aus Danielle und Silke nicht mehr zu sehen waren. Dreißig Minuten später machte Silkes Mobiltelefon durch Vibrationen auf sich aufmerksam. Da der Plan von Anfang an feststand, wusste Silke, wo sie ihre Schritte hin lenken muss. Gemeinsam mit Dany ging sie nach draußen. Zwei Seitenstraßen weiter fanden sie Jochen und Monika. Im spärlichen Licht, unweit einer Straßenlampe war zu erkennen, dass Monika sich frontal an Jochens rechte Seite schmiegte. Er hatte seinen Kopf zu ihr geneigt und küsste sie auf den Mund. Monika rieb seinen Schwengel, durch den Stoff der Hose mit der rechten Hand, dann schob sie ihre rechte Hand von oben in die Hose des Studenten. Mit der linken fummelte sie an seinem Arsch herum. Danielle und Silke blieben im Schatten stehen, sodass sie schwer zu erkennen waren. »Lass ihn noch ein bisschen«, flüsterte Dany, Silke ins Ohr. Silke nickte leicht. Als Jochen sich immer heftiger unter Monikas geschickten Händen wand, verzichteten Danielle und ihre Freundin auf den Schutz der Dunkelheit, um zu den Liebenden zu eilen. Jochen, mittlerweile fast im Sinnesrausch, stammelte: »Wa ... was macht ihr denn hier?« »Wir haben dich gesucht! Du bist verschwunden! Das hätte ich nicht von dir gedacht. Sieh zu, wie du nach Hause kommst!«, sagte Dany mit gespieltem Ärger in der Stimme und vor der Brust verschränkten Armen. Silke und Danielle wendeten sich ab und verschwanden um die Ecke. Jochen sah ihnen nach, wobei Monika ihre und seine Kleidung in Ordnung brachte. »Was soll ich denn jetzt machen?«, fragte Jochen mit Entsetzen im Antlitz. »Ach mach dir keinen Stress, die ist doch sowieso viel zu alt für dich, ich bringe dich nach Hause. Davon geht die Welt nicht unter«, meinte Monika mit beruhigender Stimme. Jochen stand die Verwirrung noch immer ins Gesicht geschrieben, als er zu Monika in den Wagen stieg.

Schnell vergingen die Wochen bis zu Silkes Polterabend. Dany erschien solo, in der Hoffnung, eine nette Bekanntschaft zu machen. 'Schon komisch', dachte sie beim schlürfen ihres Begrüßungstrunkes, wobei ihre Augen die Gäste inspizierten, 'was mache ich falsch, warum ist mir der Richtige noch nicht begegnet? Liegt das wirklich an mir oder ist es einfach Schicksal?' Silke kam zu ihr und befreite Danielle teilweise aus ihrem Trauma. »Hi! Ist alles in Ordnung?« »Ja klar alles bestens!«, heuchelte Dany, bemüht zu lächeln. Sie wollte Silke nicht die Stimmung verderben. »Lass den Kopf nicht hängen.

Es kommen noch viele Junggesellen heute Abend. Denen geht es genauso wie dir. Vielleicht ist einer dabei, der dir gefällt«, sagte Silke mit verschmitztem Lächeln. Danielles Gesichtszüge entspannten sich ein wenig. »So gefällst du mir schon besser! Amüsiere dich gut!« Bevor Silke den andern Gästen ihre Aufwartung machte, füllte sie Danys Glas großzügig mit Oberklasse Cognac, aus einer Flasche, die sie mit sich führte. An Gesprächspartnern für Danielle mangelte es nicht, da auch viele Mitarbeiter der Versicherung anwesend waren. Zu fortgeschrittener Stunde bildeten die Mitglieder der Hardcore-Assekuranz eine Gesprächsrunde, an der sich auch Dany beteiligte. Ein Kollege aus der Kfz-Abteilung berichtete von einem nicht all-täglichen Fall. Auf einer Autobahnauffahrt nahe Frankfurt war ein Pkw von der Fahrbahn abgekommen. Der 24-Jährige Fahrer verlor auf regennasser Fahrbahn die Kontrolle über sein Fahrzeug. Seine Beifahrerin eine 22 Jahre alte Medizinstudentin, hatte zu diesem Zeitpunkt seinen Penis tief im Mund. Da ihr Unterkiefer knapp über der Peniswurzel lag, führte das Auslösen des Lenkrad-Airbags dazu, dass sie sein Glied mit ihren Zähnen durchtrennte und im Reflex herunter schluckte. Glücklicherweise wurde sie beim Über-schlag nicht ohnmächtig. Geistesgegenwärtig steckte sie sich den Finger in den Hals, um den Penis wieder herauszuwürgen. Mit einem Rest Selterswasser spülte sie seinen Zauberstab danach sorg-fältig ab, bevor ihre Magensäure ihm ernstlichen Schaden zufügen konnte. Die Blutung ihres bewusstlosen Freundes stoppte sie, in-dem sie mit einem Schnürsenkel ihrer Turnschuhe den Stummel abband. Die Nähe zur Großstadt sorgte für baldiges Eintreffen kompetenter Helfer. Obwohl ihr Freund viel Blut verloren hatte, konnten sie ihn retten. Der Penis wurde wieder angenäht. Allerdings ist er jetzt nicht mehr ganz so lang wie zuvor. Die Frage ist nun, wer die Kosten für eine Schönheits-OP übernimmt, um die ursprüngli-che Länge von maximal 12,5 cm wieder herzustellen. Die Kasko-versicherung des Fahrers oder die Haftpflicht seiner Freundin. Mit einem amüsierten Grinsen verließ Danielle die Runde, um sich die Beine zu vertreten. Für einen Moment wollte sie vor der Tür frische Luft schnappen. Da hörte sie Schritte hinter sich. An einem andern Ort hätte sie sich umgedreht, aber in dieser Gesellschaft schaute sie weiter in den sternenklaren Abendhimmel. »Rauchen Sie eine mit?«, wurde Dany von der Seite angesprochen. Sie drehte ihren Kopf nach links. Ihr untersetzter, leicht zu klein geratener, frisch ge-schiedener Mitte 40 Chef stand neben ihr. Deutlich konnte sie seine tapsigen Bewegungen registrieren, die auf einen hohen Spirituosen-konsum hindeuteten. »Ja ... gerne«, sagte Danielle. Reinhold ihr

Chef, zückte seine Packung Marlboro so energisch, dass zwei Zigaretten zu Boden fielen. Mit seinem rechten Fuß kickte er sie in Richtung Straße, wobei er fast rückwärts umgefallen wäre. Dany bediente und bedankte sich. Reinhold, ganz Gentleman, gab Danielle auch Feuer, was sie mit einem, »Hm, hm«, und leichtem Kopfnicken quittierte. »Mit Ihrer Arbeit bin ich sehr zufrieden. Ich wünschte das von allen sagen zu können«, lobte ihr Chef, in einer Mischung aus Anerkennung und Nachdenklichkeit. »Danke für die Blumen«, erwiderte Dany mit leichtem Lächeln. Ein paar Minuten standen sie noch schweigend nebeneinander. Zuerst schnippte Danielle ihre Kippe in hohem Bogen auf die Straße. Reinhold versuchte es ihr nachzumachen, seine Kippe landete aber kurz vor seinen Füßen. Dany verzog keine Miene und sagte, »nach Ihnen!«, wobei sie auf den Eingang wies. Der Anblick ihres Chefs war Danielle eine Mahnung, obgleich sie sich vorstellen konnte, wie schwer eine Trennung nach einundzwanzig Jahren Ehe sein muss. Die Party war in vollem Gang, kaum an ihrem Tisch zurück, forderte Dany ein sehr jung wirkender Mann, mit kurzen künstlich blondierten Haaren zum Tanz auf. Sie willigte ein, da er einen angenehmen Eindruck auf sie machte. Nach kurzer Zeit wurde ihr Partner jedoch im Getümmel von hinten angerempelt, was dazu führte, dass er ihr auf den rechten Fuß trat. Sie musste scharf einatmen, um nicht zu schreien. Obwohl er sich entschuldigte, verlor Dany die Lust weiter zu tanzen. Es war einfach nicht ihr Abend, und da sie am nächsten Tag auf Silkes Wunsch an der Hochzeit teilnehmen sollte, suchte sie nach ihrer Freundin um sich von ihr zu verabschieden. Dany wollte einfach nur ins Bett und hoffte, dass sich ihr Fuß nicht verfärben würde. Mit einem Taxi trat sie den Rückweg zu ihrem trauten Heim an. Schon im Bett sitzend betrachtete sie ihren lädierten Fuß. Tatsächlich war er leicht blau geworden, die Färbung war aber nicht sehr intensiv. Sie stand noch mal auf, ging zu ihrer Hausapotheke und suchte eine Arnika-Salbe daraus hervor. Im Bad trug sie das Mittel auf. Nach dem Reinigen ihrer Hände von der Salbe, die nicht zum Einnehmen vorgesehen ist, verkroch sie sich unter der Bettdecke. Minuten später hatte sie die reale Welt hinter sich gelassen.

Zur Trauung am späten Vormittag erschien Danielle in einem festlichen dunklen Hosenanzug und weißer Bluse. Nach der Zeremonie trafen sich alle Teilnehmer, um das Ereignis von einem professionellen Fotografen dokumentieren zu lassen. Die Fotosession zog sich fast eine Stunde hin. Danach begaben sich die Gäste in ein Lokal, welches Silke und Torsten zu diesem Zweck komplett reserviert hatten. Danielle kam sich trotz Gesellschaft einsam vor, ein Gefühl, woran das junge Brautpaar nicht ganz unbeteiligt war. Dem ersten Besten, wollte sie sich trotz ihrer Stimmung dennoch nicht an den Hals werfen. Gegen 21 Uhr setzte sich ihr Tanzpartner vom Vorabend links neben sie an den Tisch. »Hallo wie geht es?«, erkundigte sich Ralf. »Meinem Fuß ging es schon besser«, ließ ihn Dany wissen. Sie streifte ihren Schuh ab und zeigte Ralf die Verfärbung in der Nähe der Zehen. »Das tut mir Leid ... ! Ich habe deinen Namen vergessen«, sagte Ralf aufgeregt. »Das fängt ja gut an«, meinte Dany mit vorwurfsvoller Stimme, obwohl sie genau wusste, dass sie ihm ihren Namen am Abend zuvor nicht verraten hatte. Von Silke wusste sie, dass er Ralf Bauer heißt und trotz seines jugendlichen Aussehens bereits 26 Lenze zählt. »Ich bin die Danielle. Mit tanzen lassen wir es aber besser.« »Ja das verstehe ich! Gibt es etwas, womit ich deinen Schmerz lindern kann? Soll ich deinen Fuß massieren?«, fragte er mit dem Blick eines Bernhardiners. Danielle musterte ihn von oben bis unten, wobei sie ihre geschlossenen Lippen ein paar Mal nach links und rechts bewegte. »Massage ist keine schlechte Idee, aber nicht hier! Erzähl erst mal ein bisschen was von dir!« Ralf teilte mit, dass er im Mediamarkt als Verkäufer arbeitet, in seiner Freizeit oft Fahrrad fährt, sich mit dem Computer beschäftigt oder ließt. 'Da bekommt er bestimmt Prozente', dachte Danielle und zeitgleich an ihren Fernseher, der in der letzten Zeit häufig nicht tat, was er sollte. »Und wie sieht es mit Frauen aus? Ich meine seit wann bist du solo? Oder bist du es nicht?« »Gut neun Monaten bin ich Single!« Sie unterhielten sich noch längere Zeit über Privates und Beruf. In einer Phase des Schweigens sagte Dany: »Mein Fuß fängt gerade zu schmerzen an. Wollen wir gehen?« Ralf war einverstanden zu seiner Wohnung zu fahren. Mit einem Taxi waren sie in fünfundzwanzig Minuten am Ziel. Er wohnte im Erdgeschoss eines Mehrfamilienhauses, anstelle eines Balkons befand sich vor seinem Wohnzimmerfenster eine kleine Terrasse mit Rasenfläche. Seine Wohnung war modern, nur mit dem eingerichtet, was wirklich nötig ist. Gegenüber einer Sofalandschaft, mit einem sehr niedrigen Tisch davor, befanden sich in Hüfthöhe ein paar Schränke. Darauf thronte in der Mitte ein riesiger LCD-Fernseher, rechts daneben eine Stereoanlage. Der Wohnraum besaß eine offene Küche, in deren Nähe ein kleiner Esstisch mit zwei Stühlen platziert war. In der Ecke links neben dem Fenster, standen einige Zimmerpflanzen und eine große kugelförmige Bodenlampe. Dany sah auch kurz in Bad und Schlafzimmer. Das große Doppelbett bestand aus einer massiven Metallkonstruktion, an deren Kopf- und Fußende jeweils mehrere senkrechte Rundstäbe, bogenförmig von einem dicken Rundmetall nach oben abgeschlossen wurden. »Ist ja ganz gemütlich hier«, bemerkte Danielle. Mit ausgestreckten Beinen setzte sie sich auf das Sofa, während Ralf die Kaffeemaschine bediente. Er setzte sich zu ihren Füßen, nachdem er der Kaffee in Reichweite abgestellt hatte. Vorsichtig begann er, ihren rechten Fuß zu kneten und zu reiben. Gute fünfzehn Minuten später musste Ralf die Toilette aufsuchen, als er zurückkam, waren ihre Augen geschlossen und sie atmete gleichmäßig. Leicht frustriert legte er eine Decke über sie. Anschließend ging er in sein Bett. In der Nacht wurde Dany wach, sie schaute sich um, trank einen Schluck von dem inzwischen kalten Kaffee. Nach dem Zähneputzen legte sie sich nur mit Slip bekleidet zu Ralf ins Bett und kuschelte sich an ihn.

Als sie wach wurde, war es helllichter Tag. Sie schaute sich um und lag ohne ihren Gastgeber im Bett. Ralf fand sie im Außenbereich sitzend, mit einer Tasse Kaffee und einer Zigarette. »Guten Morgen«, begrüßte sie ihn, wobei sie durch sein Haar strich. »Guten Morgen! Setz dich, ich bin gleich wieder da!«, sagte er und begab sich in die Wohnung. Es herrschte sonntägliche Ruhe, einige Leute liefen die nahe Straße einer verkehrsberuhigten Zone entlang. Das Grün der Wiese mischte sich mit den Farben von Frühlingsblumen. Weiße Wolken, die gemächlich ihre Bahnen zogen, zerteilten das Blau des Himmels. Nachdem Ralf das Frühstück serviert hatte, setzte er sich wieder. »Wann bist du denn aufgestanden?«, fragte Danielle, kurz bevor sie in ein Salami Brötchen biss und kauend auf Antwort wartete. »Um halb acht, eine Stunde vor dir. Ich hatte dich schon in der Nacht bemerkt, als du ins Bett gekommen bist. Es war ein sehr angenehmes Gefühl, dich neben mir zu spüren.« Eine Zeit lang unterhielten sie sich noch über Gott und die Welt. Dann kamen ein paar Minuten der Stille. Dany griff nach ihrem rechten Fuß, um ihn zu betasten. »Soll ich ihn noch mal massieren«, bot Ralf sich an. »Ja gerne!« »Dann geh am besten ins Wohnzimmer. Das Geschirr nehme ich mit.« Als Ralf sich von der Spüle aus zum Sofa umdrehte, lag Danielle in Dessous darauf. »Sonst verknittern mir die Sachen zu sehr«, sagte sie belehrend. Er setzte sich so, dass Danys Füße auf seinem Schoß lagen. Er begann den rechten Fuß mit dem blauen Fleck zu behandeln, welcher seinem Körper am nächsten war. Als er nach zehn Minuten wechseln wollte, meinte Danielle, dass es genug der Massage sei. »Also tut er jetzt nicht mehr weh?«, fragte Ralf zu ihr gewandt, lächelnd, mit hochgezogener linker Augenbraue. »Nein tut er nicht! Jetzt komm her zu mir!« Ralf zog sein T-Shirt aus und legte sich der Länge nach neben Dany. Nachdem er ihr bei der Befreiung ihre Möpse geholfen hatte, drehte er sich so, dass Danielle auf ihm lag. Eine ausgedehnte Phase des Schmusens folgte, die sich nach und nach steigerte. Bis um halb sechs blieb Dany bei Ralf, ehe er sie nach Hause brachte.

Die Tage im Büro verliefen für Danielle langweiliger als sonst, da Silke dabei war ihre Flitterwochen zu genießen. Sie musste manchmal wehmütig daran denken, dass sie nun wohl nie wieder so einen Urlaub wie in Rumänien mit ihr erleben würde. Die Geschichte mit Ralf kam ihr vielversprechend vor. 'Endlich ein Typ mit dem richtigen Aussehen im richtigen Alter, wenn er auch keinen Traumjob hat', sinnierte Dany. In den folgenden Wochen entwickelte sich die Beziehung zwischen den beiden zum Positiven. Zur Hochzeit ihrer Schwester Susanne im Juni war Ralf ihr Begleiter. Danielle wohnte noch nicht mit ihm zusammen, da sie aus ihren Beziehungen gelernt hatte und erst mal sehen wollte, wie sie sich verstehen würden, wenn der Alltag sie herausfordert.

Am ersten Dienstag, im Juli des Jahres 2009, betrat Dany den Hausflur ihrer Wohnung, in den frühen Abendstunden, wie meistens nach der Arbeit. Als sie vor ihrer Wohnungstür in der 2. Etage ankam, entdeckte sie auf dem Boden einen Katalog. Mit dem Druckwerk in der linken Hand, welches sie hin und her drehte, um zu sehen, ob die Sendung tatsächlich für sie war, suchte sie mit der rechten Hand langsam nach ihrem Wohnungsschlüssel. Da packte sie jemand von hinten und hielt ihr eine Hand vor den Mund, um sie am Schreien zu hindern. Gleichzeitig spürte sie, wie ihr etwas Spitzes in die rechte Seite oberhalb der Hüfte gedrückt wurde. »Zu dir«, raunzte ihr eine tiefe männliche Stimme ins rechte Ohr. Dann drängte sie der Fremde, ihre Wohnungstür zu öffnen. Nach dem Öffnen ihrer Tür konnte Danielle im Spiegel der Garderobe eine kräftige Gestalt mit dunkler Gesichtsmaske hinter sich erkennen. Mit einer Hand schloss er die Tür von innen ab und steckte den Schlüssel ein. »Wenn du schreist, wird es dir leidtun!«, grummelte er ihr ins Ohr, bevor er sie losließ. »Was willst du?«, fragte Dany empört. »Ich bin in Schwierigkeiten geraten. Ein paar Typen sind mir auf den Fersen und die wollen mich nicht zu einem Kaffeekränzchen mit selbst gebackenem Kuchen einladen.« »Dann geh zur Polizei und lass mich gefälligst in Ruhe!«, schimpfte die reguläre Bewohnerin. »Das geht nicht, weil ich …, ich habe gegen Gesetzte verstoßen«, erklärte der Eindringling. »Aha, es ist die Polizei, die dich verfolgt und du bist ein Verbrecher. Hast du jemanden ausgeraubt oder ermordet oder beides? Bei mir gibt's nicht viel zu holen, dass kann ich dir gleich sagen!«, provozierte Danielle den Fremden. »Halt besser deine vorlaute Klappe, sonst wäre es denkbar, dass ich die Kontrolle über mich verliere und dich zum schweigen bringe!«, drohte der Vermummte. Seine Worte hatten einen feindseligen bedrohlichen Unterton, welcher bei der Bewohnerin eine Gänsehaut hervorrief. Es war aber nicht nur der Inhalt der Forderung, sondern auch die maskuline Stimme selbst, die das Kribbeln bei Dany hervorrief. 'Gut möglich, dass er aus dem Knast ausgebrochen ist und ja, eventuell jahrelang keine richtige Frau mehr hatte' überlegte sie, während sie ihn betrachtete und auf weitere Anweisungen von ihm wartete. Nach einem Blick auf sein Handy, forderte er sie auf in die Küche zu gehen. Der Fremde setzte sich an den Küchentisch und verlangte Bewirtung, wobei er die Augen nicht von seiner Gastgeberin ließ. Nach zwei Käsebrötchen und einem Glas Rotwein, hatte er offensichtlich genug gegessen und wollte die Weinflasche vor sich auf dem Tisch stehen sehen. »Du kannst die alberne Maske ruhig abnehmen! Ich werde dich schon nicht verpfeifen!«, sagte Danielle, beim Abstellen der Flasche auf dem Tisch. »Das glaubst du. Wenn du in die Situation kämst, dass dir jemand ein Bild von mir unter die Nase hält, du mich zuvor schon gesehen hast, und dich fragt, ob du mich kennst, müsstest du schon verdammt gut lügen können, um nicht auf zu fliegen, wenn du mich wirklich decken wolltest.« Sie sah ihn nachdenklich an, dann nickte sie und entgegnete: »Schon möglich, dass du mit deiner Theorie Recht hast. Erzählst du mir jetzt, warum du auf der Flucht bist?« Der Eindringling nahm noch einen Schluck, bevor er anfing zu erzählen: »Ich versuche einer Bekannten zu helfen, unentgeltlich. Sie ist von einer Betrügerfirma aufs Kreuz gelegt worden. Allerdings fehlen ihr die Beweise. Es geht um internationale Termingeschäfte. Sie geht davon aus, dass die Geschäfte, in welche sie sich überreden ließ zu investieren, zum großen Teil nur aus Lügen bestanden haben und von Anfang an klar war, dass sie ihr Geld nicht wiedersehen würde. Ein Anwalt, den sie engagierte, fand angeblich keine Beweise für vorsätzliche Betrügereien. Sie glaubt, dass der Anwalt von der Firma bestochen wurde. Da sie fast ihr gesamtes Vermögen verloren hat, ist sie in keiner guten Verfassung. Heute war ich nach Geschäftsschluss in einem Büro der Firma. Es war niemand mehr im Haus. Gerade hatte ich ein paar Unterlagen die zu dem Vorgang passen kopiert, indem ich eine Festplatte aus einem der Computer ausbaute, merkte ich, dass jemand im Begriff war, die Bürotür zu öffnen. Er verhielt sich sehr leise dabei. Ich dachte allerdings einen solchen Fall voraus und trug ein hochsensibles Hörgerät, um rechtzeitig zu bemerken, wenn sich mir jemand nähert. Es verschaffte mir gerade genug Zeit, um über ein Fenster ab zu hauen. Der Geschäftsmann nahm jedoch die Verfolgung auf. Irgendwann bin ich dann in deinem Hausflur gelandet. Über Mobiltelefon hat er wohl noch Verstärkung gerufen, jedenfalls sind die Gestalten lange draußen umhergelaufen. Gut möglich, dass noch welche von denen in der Nähe in einem Auto sitzen und die ganze Straße observieren.« »Ja und, deswegen musst du mich doch nicht gleich überfallen. Ich hätte dir eventuell auch so geholfen, wenn du nett gefragt hättest«, belehrte Dany. »Das sagst du jetzt und 'eventuell' war in diesem Fall nicht genug. Du machst dir ja keine Vorstellung, was für die Leute auf dem Spiel steht, wenn die Wahrheit über ihre Betrügereien rauskommt. Es wird schon für erheblich weniger gemordet.« Die Gastgeberin schürzte die Lippen. »Wie denkst du soll es weitergehen? Bin ich jetzt nicht auch in Gefahr, weil ich dir helfe?« Der Fremde schüttelte den Kopf leicht. »In Gefahr bist du denke ich nicht, wenn du im Falle eines Falles einfach die Wahrheit sagst, eben das ich dich überfallen und genötigt habe, mir behilflich zu sein. Weitergehen, wird es folgendermaßen. Ich bleibe über Nacht hier, sitze auf dem Sofa, schlafe dabei hoffentlich nicht ein und morgen früh, wenn der Berufsverkehr einsetzt, tauche ich in der Masse unter, dazu rufe ich mir ein Taxi und verdufte.« »Meinst du die werden versuchen in meine Wohnung zu kommen?«, erkundigte sich Danielle besorgt. »Nein, das Risiko wäre eindeutig zu groß. Beim ersten Fehlgriff, müssten sie damit rechnen, dass die Polizei gerufen wird, ohne die Chance, an mich ran zu kommen. An einem deiner Fenster sollte ich mich aber besser nicht sehen lassen.« Die Mieterin entspannte sich und lud den Eindringling auf einen Drink vor dem Fernseher ein. Sie versuchte mehr über sein Privatleben heraus zu bekommen. Er blockte jedoch alle gewünschten Auskünfte mit derselben Begründung ab, würde er es ihr sagen, könnte sie bei einer Befragung in Stress geraten. Schließlich gab sie sich damit zufrieden und ließ ihn mit ihren Fragen in Ruhe. Stattdessen rückte sie behutsam näher an ihn heran, in der Hoffnung, dass er ihre Sympathie erwidert, was jedoch nicht geschah. Kurz vor Mitternacht verabschiedete sich Dany im Nachthemd, in der Wohnzimmertür stehend, mit offenen Haaren und einem netten Lächeln, ins Bett. Lange kam sie nicht zur Ruhe. Noch immer war sie verwirrt darüber, wie ihr Körper auf den Maskenmann reagiert hatte. Bei den Gedanken, wie es wäre, ihn neben sich im Bett liegen zu haben, schlief sie ein.

Als sie am nächsten Morgen erwachte, schlich sie zuerst ins Bad, dann ins Wohnzimmer. Der Unbekannte war verschwunden. Sie sah sich eilig um, bezüglich Verwüstungen und entwendeter Gegenstände. Nichts war demoliert und mitgehen lassen hatte er auch nichts. 'Na wenigstens hätte er mir seine Telefonnummer hinterlassen können', dachte Danielle ein wenig traurig, ehe sie sich fürs Büro vorbereitete.

Ungewissheit

Tags darauf, zur späten Nachmittagszeit im Büro der Versicherung. »Was ist mit dir?«, erkundigte sich Silke. »Du starrst die ganze Zeit in die Ferne. Wie heißt er denn?« Danys Wangen röteten sich leicht, mit beschämtem Blick sagte sie: »Das weiß ich nicht!« »Na ja, ist auch nicht so wichtig. Aber im Bett hat er es richtig drauf, soweit ich dich kenne. Hat er?« »Psst!«, machte Danielle und legte den linken Zeigefinger vor die Lippen. Dann schlug sie vor, nach der Arbeit, bei einer Tasse Kaffee alles zu erzählen.

Es war tropisch warm, als die beiden das Büro verließen. So wählten Silke und ihre Freundin einen Stehtisch vor einer Backstube in der Fußgängerzone, als Ausgleich zum stundenlangen Sitzen im Büro. Nachdem Dany alles geschildert hatte, schaute ihr Silke tief in die Augen. »Und er ist dir nicht ins Schlafzimmer gefolgt?«, fragte sie so laut, dass Danielle sich verlegen umsah, ob vielleicht gerade bekannte in der Nähe waren. Gleich im Anschluss hielt Silke sich mit beiden Händen an der Tischplatte fest, warf ihren Kopf nach hinten und lachte schallend: »Hahahaha … , dann ist er schwul!« »Nein ist er nicht!« »Also doch verliebt! Wie willst du den denn wieder finden? Mit einem Steckbrief?« Nun musste auch Dany lachen. »Wenn ich das nur wüsste!«, dabei sammelte sich Wasser in ihren Augen. »Oh, so schlimm ist es«, sagte Silke, nahm Danielle in den Arm und streichelte ihr über den Rücken. Nachdem Dany sich wieder beruhigt hatte, machte Silke aber gleich weiter. »Wie stellst du dir denn eure Zukunft vor? Einbruch und Diebstahl?«, fragte sie liebevoll spöttisch. »Du hast ja Recht!«, lenkte Danielle schließlich ein. »Ich glaube aber nicht, dass er ein gewöhnlicher Verbrecher ist, der mich nur angelogen hat! Ich meine seine Geschichte könnte stimmen. Nicht einen Euro hat er von mir genommen. Seine Klamotten waren auch nicht verschlissen. Da er mich weder vergewaltigt noch verletzt hat, möchte ich die Sache auf sich beruhen lassen.

Im Internet habe ich auch schon recherchiert, ob nach so einem Typen gefahndet wird. Fehlanzeige, die Beschreibungen, die man dort findet, ähneln ihm auch nicht im Ansatz.« »Dann hast du schlechte Karten, wie es aussieht. Aber kauf doch dem Ralf so eine Strumpfmaske, wo nur Augen und Mund vom Kopf zu sehen sind, dann könnt ihr es nachspielen!« Beide kicherten. »Nein«, sagte Dany dann. »Das wäre nicht dasselbe. Zum Ralf würde eher so eine Maske aus Leder passen, mit Reißverschluss vor dem Mund.« »Sei doch froh«, gluckste Silke noch lachend. »Absolut ernst war das jetzt nicht gemeint, auf Lack und Leder steht der Ralf meines Wissens nicht, er ist mehr der Softie. Schmusen und Knuddeln ist schon okay, dennoch wünsche ich mir zunehmend mehr Einfallsreichtum, Spontanität und Begehren bei ihm zu erkennen.« »Ich weiß wovon du sprichst«, sagte Silke. »Deswegen bin ich ja auch so froh, mit dem Torsten verheiratet zu sein.« Da ihre Tassen bereits längere Zeit leer waren, entschieden sie sich den Heimweg anzutreten. Auf dem Weg durch die stark bevölkerte Fußgängerzone musterte Danielle Männer, die in der Statur dem Fremden, der sie überfallen hatte, vergleichbar waren. Noch immer verträumt erreichte sie ihre Wohnung. Bis zum Einbruch der Dunkelheit verbrachte Dany die späten Stunden des Tages auf dem Balkon. Sie schaute den Flugzeugen nach, die durch ihre Geräusche auf sich aufmerksam machten. In ihren Gedanken driftete sie in die Ferne ab, erinnerte an Urlaubstage, verflossene Liebhaber, ihre Kindheit. Sie stellte sich die Frage, ob sie nun bei Ralf bleiben soll oder nicht. Die Antwort darauf fand sie nicht, nicht an diesem Abend. Einige Zeit später kam die Antwort von Ralf selbst, er hatte eine andere kennengelernt. Ein Wunder war es ja nicht, als Verkäufer kam er jeden Tag mit Frauen zusammen, jede Menge Möglichkeiten also. Als er Danielle mitteilte, dass es vorbei ist, schmerzte es sie sogar, obwohl sie selbst bereits zuvor an Trennung gedacht hatte. Der Schmerz kam hauptsächlich daher, dass er ihr zuvor gekommen war, mit der Entscheidung. Wer wird schon gerne abserviert?

Keine vierzehn Tage nach der Trennung von Ralf, in der dritten Juliwoche, fand Dany einen Brief im Postkasten ihrer Wohnung. Einen Absender gab es nicht, einzig 'Für Danielle' stand auf der Vorderseite. Noch im Hausflur öffnete sie das Kuvert. Es war lediglich eine SD-Speicherkarte darin. In der Wohnung startete sie sofort ihr Notebook und schob die Karte ein. Der Virenscanner gab Entwarnung, daraufhin öffnete Danielle die einzige EXE-Datei auf dem Speichermedium. Es erschien ein Videoplayer, keiner den sie schon einmal gesehen hatte. Im Bild war deutlich derjenige zu erkennen, welcher sie bedroht hatte, die Kleidung und die Stimme waren absolut identisch. Er stand auf einem Waldweg, als er sagte: »Ich gehe davon aus, dass du mich wiedersehen willst. Wenn ich damit richtig liege, stelle eine weiße Rose in dein Küchenfenster! Melde dich ab nächste Woche für vier Wochen in den Urlaub ab! Geht auch das in Ordnung, stelle eine zweite Rose zur Ersten! Kein Wort über diese Botschaft zu einem anderen!« Der Videoplayer verschwand. Dany suchte im Explorer nach Laufwerk E. Die Datei war nicht mehr zu finden, dass ganze Speichermedium leer. Auch im Papierkorb des Betriebssystems fand sie die Datei nicht. Danys Herz pochte bis zum Hals. Einerseits wollte sie den Fremden unbedingt wiedersehen, auf der anderen Seite gefiel ihr der Gedanke nicht, möglicherweise in einem zentralafrikanischen Drogenbordell zu enden. Ihre Neugier siegte über die Bedenken, so befolgte Danielle alle Anweisungen des Videos. Mit dem Urlaub war es kein Problem, da in der Hauptferienzeit nicht viel Arbeit anlag. Silke hakte am letzten Arbeitstag im Büro noch mal nach, was sie denn die ganzen vier Wochen machen wolle. Als Dany ihr antwortete, dass sie es im Prinzip selbst noch nicht weiß, war das nicht sehr weit von der Wahrheit entfernt. Bereits am Abend, nach dem letzten Tag vor dem Urlaub im Büro, befanden sich zwei weiße Rosen in Danielles Küchenfenster. Den Ton vom 20:15 Uhr Spielfilm stellte sie bewusst leise, darüber hinaus ließ sie die Wohnzimmertür offen, weil sie so die Geräusche aus dem Treppenhaus mit bekam. Der erste Abendfilm war beendet, nichts Ungewöhnliches war geschehen. Dany war zu aufgekratzt, um zu schlafen, so blieb sie vor dem Fernseher sitzen. In den Werbepausen suchte sie ab und an die Küche auf, um eine Kleinigkeit zu knabbern oder noch ein Bier zu holen. Hin und wieder lauschte sie auch an der Wohnungstür, in der Hoffnung, Schritte im Treppenhaus zu hören. Es tat sich nichts. Kurz nach halb eins entschloss sie sich zur Nachtruhe.

Um 8:30 Uhr des folgenden Tages erwachte sie vorsichtig blinzelnd. Fast ein wenig mürrisch stieg sie aus dem Bett. Der Fremde, der ihre Gedanken dominierte, hatte es, wenn es um Sex ging, scheinbar nicht sehr eilig. 'Vielleicht hat die Silke Recht und er ist doch schwul', ging es ihr durch den Kopf. Der Mensch ist ein Gewohnheitstier, so machte sich Danielle, nachdem sie ihr Geschirr flüchtig unter fließendem Wasser gespült hatte auf den Weg in die Stadt. Beim Bummeln war es aber nicht so wie in der Mehrheit der Fälle. Dany schaute häufig in die großen Spiegel der Bekleidungsabteilungen, ohne etwas an zu probieren. Mit dem Gesicht ganz nah am Spiegel suchte sie Anzeichen von Falten, fand aber keine von Bedeutung. 'Fast wie bei Schneewittchen', dachte Danielle sarkastisch, als sie sich ihrer Situation bewusst wurde. Daraufhin suchte sie sich ein ruhiges Plätzchen, um ihren Beinen eine Pause zu gönnen.

Um sieben Minuten nach halb sechs betrat sie seufzend ihre Wohnung. 'Der kommt nicht mehr', ging es ihr durch den Kopf und dabei schloss sie die Wohnungstür von innen ab. Als Dany gerade in der Küche stand und überlegte, was sie am Abend essen würde, meldete sich ihr Mobiltelefon, welches im Wohnzimmer auf dem Tisch lag. Der Eingang einer SMS wurde angezeigt. Nach dem Öffnen der Nachricht konnte sie lesen: 'Pack eine Reisetasche mit einer Auswahl Sommersachen! Komm bloß nicht auf die Idee den ganzen Kleiderschrank mitzunehmen! Melde dich heute um 21 Uhr an der Information des Flughafens Köln-Bonn, dort erfährst du, wie es weiter geht!' Danielle schaute auf die digitale Wanduhr ihres Wohnzimmers. Es blieben noch gut drei Stunden, genug Zeit um den Termin einzuhalten.

Mit einer hellblauen Stretchjeans, dunkelgrünem ärmellosen T-Shirt und einer zartgelben Strickjacke bekleidet traf sie pünktlich an der Information des Flughafens ein. »Guten Abend! Mein Name ist Danielle Meyer. Ist hier eine Nachricht für mich hinterlegt worden?« Die Frau hinter dem Schalter suchte einen Augenblick auf ihrem Tisch, dann antwortete sie: »Ja hier bitte«, und überreichte Dany einen Umschlag. Sie trat ein Stück zur Seite und öffnete das Kuvert. Es befand sich ein erste Klasse Flugticket darin, mit Malaga als Ziel. Darüber hinaus lag eine Notiz mit in dem Umschlag, dass sie am Flughafen in Spanien abgeholt wird. Gut gelaunt begab sich Dany zum Check-in. Die Zeit bis zum Start wollte sie nutzen, um sich in den Reiseshops hinter den Sicherheitsbarrieren um zu sehen. Genau um 22:30 Uhr hob der Flieger ab.

Nach einem komplikationslosen Flug, stand Danielle um halb zwei morgens in der Wartehalle des Flughafens Malaga. Im kühlen Neonlicht bewegten sich trotz der fortgeschrittenen Stunde noch zahlreiche Personen mit ihrem Gepäck. Um besser erkannt zu werden, stellte sich Danielle ein wenig abseits. Nach einer guten viertel Stunde erschien ein kleiner hagerer Mann mit angegrauten Schläfen, ging auf Dany zu und fragte: »Sind Sie Frau Meyer?« »Ja bin ich.« »Gut, dann folgen Sie mir!« Da der Mann auf Danielle keinen bedrohlichen Eindruck machte, tat sie, was er verlangte. Nicht weit entfernt vom Flughafen erreichten sie einen fünfer BMW, den Danys Begleiter mit der Fernbedienung öffnete. Nachdem er ihre Reisetasche im Kofferraum verstaut hatte, ließ er sie hinten Platz nehmen. Sie fuhren fast eine Stunde. Dann wurden die Straßen immer ländlicher, es gab keine Straßenbeleuchtung und weit und breit keine Wohnhäuser. Einzig die Scheinwerfer des Fahrzeugs erhellten das Dunkel der Nacht. In ihrem Licht, versuchte Danielle so viel wie möglich zu erkennen. Schließlich hielt der Wagen vor einem großen weiß gekalkten Steintor, welches den Durchgang einer langen Mauer bildete. Die bogenförmigen Torflügel, aus massivem Holz, öffneten sich wie von Geisterhand, dann fuhr der Wagen weiter, bis er vor einem Haus zum stehen kam. »Wir sind am Ziel«, sagte der Chauffeur, stieg aus und öffnete seinem Fahrgast die Autotür. Gleich anschließend reichte er ihr die Tasche aus dem Kofferraum. Ohne ein weiteres Wort von sich zu geben, nahm er wieder im Auto Platz und fuhr davon. Dany schaute einen Augenblick den Rücklichtern des Wagens nach, ehe sie sich dem Haus zuwandte. Die Haustür öffnete sich und eine kleine untersetzte Frau winkte Danielle zu sich. »Guten Abend! Ich bin die Isabel, die Haushälterin. Kommen Sie rein«, sagte sie mit freundlichem Ton und unverkennbar südlichem Akzent. »Guten Abend! Mein Name ist ... « »Danielle«, ergänzte Isabel. Nachdem sie die Tür durchschritten hatte, fand sich die Kölnerin in einem großzügig gebauten rundem Eingangsbereich wieder. Die Wände waren alle weiß gekalkt, in der Mitte befand sich eine antike Statue auf einem circa einen Meter hohen, ebenfalls runden Sockel. Auf den dunkelroten Steinplatten des Fußbodens fanden Grünpflanzen in der Nähe der Wände Platz. Vier Gänge führten von dem runden Portal aus tiefer in das Haus. »Wo ist der Besitzer?«, wollte Danielle wissen. »Der kommt erst morgen. Ich begleite Sie zu Ihrem Zimmer«, antwortete Isabel. Der Weg führte durch den von der Haustür am weitesten rechts gelegen Gang. Nach ungefähr zehn Metern mündete ihr Weg in einen weiteren Flur, den sie ebenfalls nach rechts beschritten. Zu ihrer linken Seite passierten sie eine Fensterfront. Außer ihrem eigenen Spiegelbild, konnte Dany in der stockdunklen Nacht aber nichts weiter im Glas der Scheiben erkennen. Nach weiteren sechs Metern blieb Isabel vor einer Holztür, welche diverse Schnitzereien zierte, stehen, um sie nach innen zu öffnen. »Bitte treten Sie ein«, sagte Isabel und dirigierte Danielle mit einer Bewegung der rechten Hand durch den Zugang. Kaum war sie in dem Raum, fiel die Tür hinter ihr ins Schloss. Dany stand in einem Zimmer, dessen Mitte durch ein nach allen Seiten frei stehendes, sehr großes Doppelbett ausgefüllt wurde. An der Wand in drei Metern Entfernung, parallel zum Fußende des Bettes erhob sich ein großes wuchtiges Ledersofa in zum Fußboden passender dunkelroter Lederpolsterung. Links und rechts des Sofas standen Palmen, deren Spitzen fast bis zur Decke des knapp vier Meter hohen Zimmers reichten. Zur linken Seite des Bettes gab es einen robusten Holztisch mit zwei dazu passenden Stühlen. Es waren drei weitere Türen, kopfseitig zum Bett in dem Raum vorhanden. Eine führte in eine Kammer mit Kleiderschränken, die Zweite in ein großes Bad und die Dritte in die separate Toilette. Jeder der Räume besaß eigene Fenster. Zur rechten Seite des Bettes befand sich eine große Fensterfront mit Holzbalkon davor. Nachdem sie ihre Reisetasche in einem der Schränke verstaut hatte, suchte sie das Bad auf um sich zum Schlafen vorzubereiten.

Um 8:45 Uhr, am nächsten Morgen, stieg Danielle aus dem Bett. In einem leichten Kleid verließ sie den Raum und machte sie sich daran die Umgebung zu erkunden. Anders als bei ihrer Ankunft gab der Blick durch die Fensterfront, entlang des Flurs zu ihrem Zimmer, die Aussicht auf das entfernt erkennbare Mittelmeer frei. Ihr Weg führte Dany in eine geräumige Küche, in der Isabel vor einer Arbeitsplatte stand. Nach einem flüchtigen Blick über die rechte Schulter sagte Isabel: »Guten Morgen, Sie werden auf der Veranda erwartet.« Durch eines der Küchenfenster sah Danielle hinaus und erblickte eine Person, welche mit dem Rücken zu ihr gewandt vor einem mittelgroßen Tisch saß. Auf der Veranda angekommen, stand sie endlich dem Gesuchten gegenüber. Ein Mann, den Dany auf Ende zwanzig schätzte, mit kurzen schwarzen Haaren, sonnengebräunter Haut und den ihr bekannten braunen Augen. Sein T-Shirt ließ erahnen, dass er seinen Körper mit Sport in Form hielt.
»Das finde ich in der Tat sehr mutig von dir, ganz alleine hier her, zukommen! Setz dich! Mein Name ist Erasmo. Isabel bringt gleich was zu essen. Wie war deine Reise?« »Danke sehr gut«, antwortete Danielle, nachdem sie Platz genommen hatte. Innerlich jubelte sie, denn auch ohne Maske entsprach der Gastgeber vollends ihrem Geschmack. »Woher wusstest du, dass ich mich auf deine Einladung einlassen würde?«, stellte sie ihn zur Rede. Die rechte Hand des Gastgebers lag entspannt auf seinem Bauch, als er entgegnete: »Intuition und Menschenkenntnis. Ich meine dein Verhalten, kurz bevor du ins Bett gegangen bist und deine Blicke. Hätten wir uns unter anderen Umständen kennengelernt, wäre mein Verhalten nicht so reserviert ausgefallen. An jenem Abend, war ich zu sehr angespannt,

um dir näher zu kommen. Die Geschichte hat sich in der Tat so zugetragen, wie ich sie dir erzählte. Ich konnte die Beweise sichern und die dubiosen Geschäftsleute stehen inzwischen unter Anklage. Meine Bekannte wird ihr Geld vermutlich zurück bekommen. Gewissermaßen als Gegenleistung, dass du so cool geblieben bist und mich bei dir, trotz meines Überfalls, hast übernachten lassen, möchte ich dir einen schönen Urlaub bescheren. Zugegeben, die Einladung war schon etwas exotisch, aber ich ging davon aus, dass sie dir gefallen würde. Zu meiner großen Freude, hast du dich darauf eingelassen. Ich bin jetzt 32 und Single, was auch durch meinen Job als Privatdetektiv begründet ist. Es wird Zeit für eine feste dauerhafte Beziehung in meinem Leben. Wir können in den nächsten Wochen herausfinden, wie gut wir wirklich harmonieren. Ich gehe davon aus, dass du damit einverstanden bist, sonst wärst du sicher nicht hier.« Dany hörte den Ausführungen von Erasmo sehr aufmerksam zu. Bevor sie antwortete, leckte sie den Zeigefinger ihrer linken Hand, an dem Honig klebte ab. »Ja gut lass uns herausfinden, ob wir nicht nur ineinander, sondern auch zueinanderpassen! Ein paar Tipps gebe ich dir noch, masochistisch und devot im Sinne von auf dem Boden rum kriechen bin ich nicht. Allerdings gefällt es mir, wenn ein Mann, den ich reizvoll finde, den richtigen Weg findet, mich zur passenden Zeit nach seinen Vorstellungen zu nehmen. Dabei kann es ruhig auch mal sehr leidenschaftlich werden.« Erasmo schaute Danielle mit leicht nach rechts geneigtem Kopf verträumt an. »Dann lass uns keine Zeit verlieren! Wir treffen uns in zehn Minuten vor dem Haupteingang. Ich erwarte dich in einem kurzen Kleid ohne Dessous!« Im Anschluss erhob er sich vom Tisch und begab sich in das Haus. Dany folgte ihm, bog aber im Haus nach links zu ihrem Zimmer ab. Viel gab es für sie nicht zu erledigen. Sie wählte ein dunkelrotes Kleid mit breiten Trägern und großem Ausschnitt. Danielle kam vor dem Hausherren am vereinbarten Ort an. Ein paar Minuten saß sie auf der Treppe, wobei die Hitze ihr unmissverständlich klar machte, in welchen Breitengraden sie sich befand. Ihre Blicke schweiften über die Landschaft, als das Knirschen von Kies das Herannahen eines Fahrzeuges ankündigte. Vor der Tür hielt ein dunkelbraun-metallic lackiertes Mercedes SLK Cabrio. »Steig ein«, rief Erasmo und unterstütze seine Forderung durch das öffnen der Beifahrertür. Nicht wirklich weit vom heimischen Grundstück entfernt, bog er in einen Feldweg ein. Der Fahrer verließ den Wagen, um Dany die Tür zu öffnen. Er reichte ihr die Hand, um beim Aussteigen behilflich zu sein. Sie standen erhöht in mehreren Kilometern Entfernung zu einer Ortschaft. Danielle stand in Blickrichtung Mittelmeer. Erasmo stellte sich hinter sie und streifte ihr Kleid nach oben ab. Mit einer lässigen Handbewegung warf er es in das Auto. Hinter ihr stehend, streichelte und massierte er ihren Bauch und ihre Brüste. Seine Hände erforschten jede Stelle ihres Körpers, welche er stehend erreichen konnte. »Der Ort da unten«, sagte er, »ist Marbella. Die nächste größere Ortschaft hinter uns ist Ojén.« Ihren Body in die jeweilige Richtung dirigierend, ohne dabei von ihr zu lassen, erklärte er noch weitere Landschaftspunkte.

Als Erasmo fühlte, wie ihr Körper mehr und mehr in Erregung verfiel, stieg er rasch aus seinen Klamotten, um nicht den richtigen Augenblick nicht zu verpassen, das Feuer bis zum Himmel lodern zu lassen.

Nach einer Ruhepause, in der sich das Liebespaar in den Armen lag, empfahl ihr neuer Partner: »Du solltest dich vor der Sonne schützen!« Im nächsten Moment holte er einen dunkelblauen Hut mit großer Krempe aus dem Kofferraum und bedeckte ihren Kopf damit. Nachdem sie wieder bekleidet waren, setzten sie ihre Fahrt fort und erreichten nach kurzer Zeit die Costa del Sol. Eine knappe Stunde fuhren sie in Richtung Gibraltar. An einem menschenleeren Strandabschnitt hinter Sotogrande brachte Erasmo den Mercedes zum stehen. »Lass uns ein Bad nehmen«, schlug er vor, während er den Zündschlüssel abzog und einsteckte. »Die Idee könnte glatt von mir sein«, erwiderte Dany und stieg aus dem Auto. Es waren nur wenige Meter bis zum Wasser. Ihre Kleidung ließen sie im Fahrzeug. Nach der Erfrischung im kühlen Nass lagen sie im Sand aneinander geschmiegt, bis die Sonne das Wasser von ihrer Haut geleckt hatte. Dann begaben sie sich auf den Rückweg. In Puerto Banús, plante der Spanier, zu Mittag zu essen und Danielle den Hafen zu zeigen. Die Geräuschkulisse während der Fahrt ermöglichte keine entspannte Unterhaltung. So genoss die glückliche Beifahrerin den blauen Himmel, die Landschaft, dass Glitzern des Sonnenlichtes im Meer und den warmen Fahrtwind. Erasmo steuerte einen Parkplatz in der Nähe des Hafens Puerto Banús an. Langsam liefen sie entlang der Anlegestellen und schauten sich dabei die Schiffe an, welche friedlich im Wasser dümpelten. Auf einer Promenade, die sich dem Yachthafen in westlicher Richtung anschließt, nahmen sie im Außenbereich des Restaurants 'La Bocana' mit Blick auf das Meer Platz. »Hast du schon viele Frauen gehabt?«, forschte Dany, als sie saßen. »Die Erste bist du nicht. Aber es hält sich in Grenzen. Kinder habe ich keine, falls du das meinst. Ansonsten lebe ich jetzt und nicht in der Vergangenheit. Wie viele Männer du hattest, möchte ich gar nicht wissen, denn es geht mich nichts an! Ob du mit einhundert Männern oder nur einem vor mir zusammen warst, ändert nichts an meinen Gefühlen zu dir.« »Du gefällst mir stetig besser! Hast du noch Geschwister?«, erkundigte sich Danielle weiter. »Ja eine Schwester. Nadia ist 30, verheiratet und hat zwei Kinder, Sara elf Jahre und Miguel neun Jahre alt. Sie wohnt in der Nähe von Torremolinos und ist Hausfrau. Ihr Mann arbeitet als Immobilienmakler und verdient genug für beide. Da sie die Hausarbeit aber nicht ausfüllt, hat sie angefangen, Klamotten zu designen. Ein eigenes Label besitzt sie noch nicht, trotzdem hat Nadia schon einige feste Kundinnen. Meine Eltern haben eine Farm, sie bauen Tomaten und Paprika an. Sie haben ihre Produktion sehr zeitig auf biologischen Anbau umgestellt und damit den richtigen Weg beschritten. In spätestens zwei Jahren wollen sie sich zur Ruhe setzen. Vom Finanziellen könnten sie jetzt schon aufhören, aber sie lieben die Landarbeit und wollen sich nicht über Nacht davon verabschieden.« »Hört sich ja nach einer richtig netten Familie an! Wieso bist du nicht in die Fußstapfen deiner Eltern getreten?«, fragte Dany. »Ich habe mich, seit ich denken kann, mehr für technische Dinge interessiert, Computer und was damit zusammenhängt. Davon abgesehen ist die Abgeschiedenheit eines Dorfes nicht jedermanns Sache. Eine Frau zu finden, die in der Jugend bereit ist aufs Land zu ziehen ist außerdem kein leichtes Unterfangen. Wenn man älter wird, können sich solche Ansichten durchaus ändern. Wäre das denn ein Leben für dich?«, erkundigte sich Erasmo. Danielle überlegte einen Augenblick, wobei sie ihren Kopf leicht wiegte. »Mit dem richtigen Mann an meiner Seite würde ich es mal ausprobieren. Weist du manchmal, wenn ich zur Rushhour auf dem Weg zur Arbeit im Stau stand, habe ich schon von so einem Landleben geträumt. Die Großstadt bietet eine Menge Möglichkeiten, die Freizeit zu gestalten, dafür lebt man aber in Lärm und Abgasen. Beton und Asphalt so weit das Auge reicht, anstelle von Wiesen, Wäldern und Bäumen.« »Dann hast du ja einen Grund mehr bei mir zu bleiben! Auf meiner Finca könntest du beides haben, die Natur, und die Stadt ist auch nicht unendlich weit weg.« Dabei beugte er sich zu Dany, schaute ihr in die Augen und legte seine rechte Hand auf ihre linke Hand. Dany lächelte und entgegnete: »Schauen wir mal! Bis jetzt haben wir noch keine 24 Stunden miteinander verbracht.« Als die beiden gerade beim Essen waren, tauchte ein Stehgeiger auf und brachte den beiden ein Ständchen. Erasmo legte sein Besteck beiseite, um ihn mit ein paar Münzen zu bedenken.

Sonntag am Pool

Da es Sonntag war, entschieden sich die beiden, nach dem Essen wieder zurück zu fahren und die Stunden bis zum Abend am Pool zu verbringen. »Der Isabel habe ich heute freigegeben. Wir werden also ganz ungestört sein«, teilte der Hausherr mit, nachdem sie das Tor zum Grundstück passiert hatten. »Sehr gute Planung«, entgegnete Danielle zustimmend. »Also dann bis gleich. Ich bringe nur den Wagen in die Garage.« Danielle ging gar nicht erst ins Zimmer sondern gleich zum Bassin. Unter einer unweit des Schwimmbeckens angebrachten Brause spülte sie das Salz aus dem Meer von ihrer Haut und suchte sich anschließend einen Platz im Schatten. Ein paar Minuten später kam Erasmo mit einem Sektkühler, in dem sich eine Flasche Champagner befand. In der linken Hand führte er zwei Gläser mit sich. Nachdem er alles in unmittelbarer Nähe von Danys Liege abgestellt hatte, sagte er: »Ich muss mal kacken«, und verschwand im Haus. Sie öffnete die Flasche in seiner Abwesenheit, da sie vom scharfen Essen durstig war. Als der Gastgeber wieder erschien, stellte er sich eine Liege direkt links neben die von Dany. Auch er genehmigte sich ein Glas Schampus. Beide lagen hüllenlos mit dem Rücken auf den Liegen und sahen auf das entfernte Meer hinaus. Nach einer Weile des Schweigens legte Erasmo seine rechte Hand auf ihre Brust. Als seine neue Flamme sich daraufhin zu ihm drehte, konnte sie deutlich sehen, an was er dachte. »Komm rüber zu mir! Setz dich auf mich! Aber mach langsam, ich will nicht, dass es so schnell vorbei ist!« Sie erfüllte ihm seinen Wunsch, weil es genau genommen auch ihrer war. Mehr als eine dreiviertel Stunde verbrachte sie auf ihrer heißblütigen spanischen Unterlage und bewegte sich nur, wenn es nötig war, um ihn bei Laune zu halten. Er massierte, streichelte und liebkoste seinen neuen Stern an allen Stellen, die er erreichen konnte. Schließlich schaukelten sie sich zum Höhepunkt auf, welchen sie im Taumel der Sinne durchlebten. Im Anschluss suchte Dany erschöpft ihre Liege auf. Währenddessen füllte Erasmo die Gläser. Sie griff sich eine Zigarette. Er gab ihr Feuer und ließ sie dabei wissen, welche hervorragende Befriedung er im Liebesspiel zuvor fand. »Was werden wir die nächsten Wochen machen?«, fragte Danielle beiläufig. »In See stechen, ich habe eine Zehn-Meter-Yacht gemietet. Die liegt unten in Puerto Banús. Wir werden die Küste entlang fahren und auch mal rüber nach Afrika.« »Das hört sich ja verlockend an!« »So ist es auch gedacht! Etwas Besonderes soll es sein, nicht so wie die üblichen Pauschalreisen. Als Kind habe ich oft davon geträumt, einmal selbst mit einem solchen Schiff raus zu fahren. Meistens dann, wenn ich mit meinen Eltern in irgendeinem Hafen war. Es ist immer wieder toll, wenn ich die Boote live sehe, wie sie auf dem Wasser wippen, und der salzige Geruch des Meeres sein unnachahmliches Flair verbreitet. Es hat aber lange gedauert, ehe es so weit war und ich zum ersten Mal das Steuerrad einer Yacht selbst in der Hand hatte. Nach der Schule studierte ich Informatiker. Bereits während des Studiums wurde mir klar, dass es doch ein ganz schön nüchternes Gebiet ist. Trotzdem habe ich mich nicht hängen lassen und mit gut abgeschlossen. Eine Zeit lang war ich bei einer IT-Firma beschäftigt. Obwohl der Job an sich nicht schlecht war, gab es oft eine Unzufriedenheit in mir, welche mir sagte, dass es etwas geben muss, was meinem Naturell mehr entspricht. Eines Tages las ich in der Zeitung ein Stellenangebot. Ein Büro für Beziehungsangelegenheiten suchte einen Mitarbeiter mit erweiterten Computer-Kenntnissen. Ohne großartig zu überlegen, habe ich mich beworben. Meine Aufgabe bestand darin, die gelangweilten Frauen reicher Männer auf ihre Standhaftigkeit in puncto Treue zum Partner zu überprüfen. Oft waren die Frauen bedeutend jünger als ihre Partner und sehr attraktiv. Ein Umstand der so manchen Mann verunsicherte zumal die Frauen oft nicht berufstätig waren und auf Kosten ihres Partners lebten. Dass die Frauen in der absoluten Mehrheit aller Fälle nicht aus Liebe mit erheblich älteren Männern zusammen sind, war ihnen in der Regel klar. Dennoch wollten sie sich im Gegenzug zumindest der Treue der jeweiligen Partnerin sicher sein. So bin ich auch nach Deutschland gekommen. Da der südliche Typ auf viele deutsche Frauen anziehend wirkt, haben wir unser Angebot über das Internet dahin erweitert. Darüber hinaus haben wir auch Aufgaben außerhalb von Beziehungsgeschichten übernommen, wie du gemerkt hast.« Dany erzählte von ihren Lehrjahren, ihrem Job und dann die Geschichte mit ihrem Notebook und Valeria Deri. »Hältst du was von Esoterik? Ich meine glaubst du daran oder nicht?«, wollte sie im Anschluss wissen. »Hm … naja …, ich tue nicht alles aus diesem Bereich als Schwachsinn ab. Die Wissenschaft hat viel erreicht, trotz allem gibt es eine Menge Dinge, die wir nicht verstehen. Der Punkt ist, dass alle Vorgänge in unserem Körper von Energie gesteuert werden. Diese Energie kann in der einen oder anderen Form mit dem, was uns umgibt, interagieren. Auch vermeintlich tote Dinge bestehen aus Atomen, welche ebenfalls Energie repräsentieren. Inwieweit wir diese Prozesse wahrnehmen können, ist vermutlich eine individuelle Geschichte. So unterschiedlich wie unsere Fingerabdrücke. In der Physik gibt es die Aussage: 'Energie kann nicht erschaffen werden und nicht verloren gehen, sie kann nur in eine andere Form umgewandelt werden.' Mit dieser Überlegung als Ausgangspunkt wäre unsere Lebensenergie in der Tat unsterblich. Nach unserem Tod nimmt sie nur eine neue Form an, da sie ja nicht abhanden kommen kann ... Leider hat der physikalische Lehrsatz einen Makel. Wenn die Energie nicht erschaffen werden könnte, wieso sollte sie dann überhaupt existieren? Das ist so ähnlich, wie zu fragen, woher kommt der Schöpfer, wer hat ihn erschaffen? Ist er plötzlich aus dem nichts aufgetaucht und hat die bereits vollständige Intelligenz besessen, die Schöpfung des Lebens auf der Erde zu vollbringen? Ja wie auch immer, ich stehe auf dem Standpunkt, dass wir auch nach unserem Ableben, in veränderter Form ein Teil des Ganzen bleiben. Im Moment sind mir andere Sachen aber einfach wichtiger!«, endete Erasmo. »Verstehe! Du hast eine ganz solide Meinung. Ich gehe erst mal ne Runde schwimmen«, sagte seine Liebste, stand auf und sprang ins Wasser. Während sie ein paar Bahnen im Wasser zurücklegte, überlegte sie, ob sie ihm von ihrem Spezialleuchter erzählen sollte. Nach ihrem ersten Versuch, bei dem sie ihre Schwester fand, hatte sie die Apparatur nicht wieder benutzt. Der damalige Traumzustand war ihr noch immer wunderschön in Erinnerung. Sorgen machte ihr jedoch der komaartige Tiefschlaf, in den sie gefallen war. Er hatte ein Gefühl der Hilflosigkeit bei ihr hinterlassen. Wenn überhaupt, sollte ein neuer Versuch nur in Gegenwart einer Vertrauensperson stattfinden. Sie entschloss sich, ihren neuen Lover erst besser kennen zu lernen, ehe sie ihn einweihen würde. Davon abgesehen stand das spiritistische Equipment auch noch in Köln. Erasmo suchte das Haus auf, um Getränke zu besorgen. An der Hausbar griff er sich eine Flasche Whisky und eine große Flasche Mineralwasser, damit kehrte er zum Schwimmbecken zurück. Danielle trocknete sich gerade ab. »Jetzt ist mir kalt«, sagte sie und zog sich ihr Kleid über. »Soll ich dich wärmen?«, fragte ihr Geliebter, schon im Begriff von seiner Liege aufzustehen. »Ja los komm her!« Mehrere Minuten nahm er sie in die Arme und schmiegte sich küssend an sie. Das einzige Kleidungsstück, dass er trug, eine Boxershorts, verriet das er noch kein alter Mann war. »Vielleicht solltest du auch mal kurz ins Wasser. Wenn wir es jeden Tag dreimal machen, verlierst du nach vierzehn Tagen das Interesse daran«, hauchte Dany, wobei sie ihre Nasenspitze an seine drückte und ihm in die Augen sah. Erasmo seufzte, zog seine Hose aus und sprang in den Pool. Im Wasser schwimmend zu Danielle gewandt, rief er prustend: »Ich bin mal gespannt, wie lange mich die Kälte beruhigt. Im Grunde genommen hast du aber recht, zu viel Sex ist wie zu viel

Essen.« »Natürlich habe ich recht«, rief sie von ihrer Liege aus, wobei sie lächelte und ihr Sektglas mit Whisky füllte. Nachdem Erasmo seinen Platz wieder eingenommen hatte, relaxten die beiden eine Weile schweigend.

»Willst du dir noch irgendwas an Land ansehen oder ist es okay für dich, wenn wir morgen ablegen?«, brach ihr Partner schließlich die Stille. »Nein, an Land kann ich mich ja später immer noch umsehen, lass uns lieber in See stechen.« Gegen 22 Uhr zogen sich die beiden ins Haus zurück und verbrachten die Nacht in Danys Zimmer.

Am frühen Vormittag trafen sie ihre Reisevorbereitungen und fuhren anschließend nach Puerto Banús, dem Hafen, in dem die 'Seastar', die gemietete Zehn-Meter-Motoryacht lag. Ein Angestellter, den Erasmo zuvor am Morgen über ihren Wunsch abzulegen informierte, erwartete die beiden bereits bei ihrem Eintreffen. Nach einer Unterweisung in die technische Ausrüstung und den Rest des Bootes, verließ er das Schiff. »Werden wir alleine fahren?«, fragte Danielle erwartungsvoll. »Ja, es ist nicht mehr so wie früher. Es gibt sehr gute Kommunikationsmöglichkeiten, wenn wir Probleme bekommen, wird schnell jemand zur Stelle sein. Und wir machen ja auch keine Weltreise.« Als erstes Ziel plante Erasmo, in Absprache mit Dany, Casablanca in Marokko.

32 Stunden später, am Dienstagabend kurz nach 20 Uhr legten sie dort an.

Nachdem sie am nächsten Morgen die Formalitäten im Hafen erledigt hatten, machten die beiden eine Sightseeing-Tour. »Es ist schon eine andere Welt, all die fremdartigen Menschen in den Straßen, viele davon in Gewändern, die Moscheen und Gebete«, sagte Danielle, als sie wieder auf dem Weg zum Hafen waren. »Ja richtig, in natura erlebt bekommt man einen ganz anderen Eindruck davon. Es ist alles viel lebendiger, als ein Bericht im Fernsehen. Allerdings ist der Islam als Religion für mich nicht interessant. Aber ich verurteile niemanden, wegen seines Glaubens, solange es kein Extremist ist, der mir an die Wäsche will oder vor hat, anderen seine Weltanschauung aufzuzwingen. In meiner Kindheit wurde ich katholisch erzogen. Heute stehe ich der Kirche nicht feindselig gegenüber, dennoch war ich schon lange nicht mehr zu einem Gottesdienst.« »Bei mir ist es ähnlich«, begann Dany, »außer dem Religionsunterricht in der Schule gibt es für mich keine Verbindung zur Kirche.

Ich weiß nicht nur von dir, dass ich damit kein Einzelfall bin.« Als sie ihr Boot erreichten, stand die Sonne noch hoch am Himmel, einzig der nahe Atlantik, über den sich der blaue Himmel wie eine Kuppel spannte, sorgte für eine willkommene Erfrischung. Auf dem Boot fanden sie eine Nachricht, dass sie sich noch einmal bei der Hafenbehörde melden müssen, da etwas unklar ist. Erasmo schaute auf seine Uhr. »Das schaffe ich noch. Bleib du hier an Bord. Ich bin gleich wieder da«, rief er hektisch und machte sich auf den Weg. Danielle war es ein bisschen mulmig bei der Vorstellung, ohne ihren Beschützer auf dem Schiff zu bleiben. Da Erasmo ihr aber versichert hatte, dass der Teil des Hafens, indem sie fest gemacht hatten, gut bewacht wird, widersprach sie nicht. Als er nach mehr als zwei Stunden noch immer nicht zurück war, wurde sie unruhig. Sie verließ das Schiff, um die Behörde selbst aufzusuchen. Da sie am Morgen gemeinsam mit ihrem neuen Freund in dem Büro gewesen war, erreichte sie nach ein paar Minuten diesen Ort. Der Beamte war freundlich und konnte wie im Hafen zu erwarten gut Englisch. Geduldig erklärte er Dany, dass er durchaus versteht was sie sagt. Die Hafenbehörde war aber nicht der Urheber der Vorladung, die sich auf dem Boot befand, wie es sich herausstellte. Verwirrt verließ Danielle die Dienststelle. Auf dem Weg zurück zur Anlegestelle, schossen ihr alle möglichen Gedanken durch den Kopf. An Bord wurde ihr erst richtig bewusst, in welchem Dilemma sie sich befand. Auf sich gestellt an Bord einer Motoryacht in Nordafrika, die sie nicht selbst steuern kann. Wenigstens war alles auf dem Schiff, was zum Leben notwendig ist. Nach so kurzer Zeit wollte Dany die marokkanische Polizei noch nicht einschalten. Zumindest bis zum nächsten Tag beschloss sie noch zu warten, in der Hoffnung, dass ihr Freund wieder auftaucht. Officer Achmed Benthamou von der Hafenbehörde hatte ihr versprochen, die Gegend um die 'Seastar' verstärkt zu kontrollieren. Tatsächlich bemerkte Danielle häufig uniformierte in der Nähe der Anlegestelle, was ihr ein Gefühl der Sicherheit gab. Dennoch konnte sie nicht gleich einschlafen. Sie lag im Bett und hörte, wie die Wellen leicht gegen den Rumpf der Yacht schlugen. Neben ihr auf dem Nachttisch befand sich eine Flasche Wodka, deren Inhalt den Bewegungen des Bootes folgte. Dany genehmigte sich hin und wider einen kleinen Schluck daraus, zu heftig war ihr Wunsch die Situation zu meistern, um sich ernsthaft zu betrinken. Irgendwann nach ein Uhr, kam sie zur Ruhe. Nach einer Phase des Tiefschlafs setzten die Träume ein. Danielle sah sich in einer ihr unbekannten Umgebung. Sie war damit beschäftigt, sich um Kinder zu kümmern. Die Räumlichkeiten, in denen sie sich befand, erinnerten sie an eine Villa aus den Anfängen des vorigen Jahrhunderts. Vor der Tür aber, stand ein Sportwagen im blassen Licht des Mondes. In einem weitläufigen spartanisch eingerichteten Raum lief auf einem extrem großen Flachbildfernseher ein Horrorfilm ohne Ton. Danielle hörte eines der Kinder, ein Mädchen schreien. Sie rannte in das Zimmer des Kindes, um nachzusehen, aber das Mädchen schlief friedlich. Nachdem sie ihre Decke noch ein wenig höher gezogen und ihr leicht über den Kopf gestreichelt hatte, sah sie aus dem Fenster. Vor dem Haus stand Erasmo im Licht, dass aus den Fenstern des Hauses nach außen drang, und winkte ihr zu. Dany winkte zurück. Plötzlich bemerkte sie auf der Fensterbank neben sich den Teddy, welcher kurz zuvor noch bei dem Mädchen im Bett lag. Ihr Herz raste und ihr Nachthemd klebte schweißnass an ihrem Körper, als sie abrupt aufwachte. Der neue Tag gab die Umgebung nur schemenhaft Preis, als sie lediglich mit Bademantel bekleidet an Deck ging, weil sie Lust auf eine Zigarette verspürte und sich die Beine vertreten wollte. Während sie den Rauch einsog, ließ sie ihren Traum, soweit sie sich daran erinnern konnte, Revue passieren. Ein Gefühl der Angst beschlich sie. Plötzlich wurde ihr klar, wie wenig sie über ihren neuen Freund wirklich wusste. Sie schnippte die Kippe ins Wasser und ging unter Deck um sich einen Kaffee zu kochen. Nachdem sie den Muntermacher zu sich genommen hatte, begann sie das Boot nach Hinweisen zu durchsuchen. Was sie genau zu finden hoffte, wusste sie selber nicht. Das unbestimmte Gefühl, ein Geheimnis zu entdecken trieb sie an. Dany suchte in den vorhandenen Einbaumöbeln, auch auf der Brücke und den Ablagen an Deck. Neuigkeiten über ihren Partner spürte sie jedoch dabei nicht auf. Gegen Mittag entschloss sie sich, das Vermieterbüro der Yacht, anzurufen. Erleichtert nahm sie zu Kenntnis, dass die Geschichte, die Erasmo ihr erzählt hatte, im Großen und Ganzen bestätigt wurde. Ein Angestellter versprach sich um die Angelegenheit zu kümmern, auch was die marokkanische Polizei betraf. Die Ankunft von Augusto, dem Mitarbeiter, den Danielle von der Übergabe des Schiffes in Puerto Banús flüchtig kannte, sagte die Vermieterfirma für den kommenden frühen Vormittag zu. Die zweite Hälfte des Tages verbrachte Dany auf der 'Seastar'. Mit einem Buch machte sie es sich im Schatten bequem. Öfter als gewöhnlich hob sie ihre Blicke von der Lektüre, um den Pier nach ihrem Geliebten mit den Augen abzusuchen. Jedoch vergebens, im Gegensatz zu Danielles Wünschen, materialisierte er sich nicht. In den Lesepausen grübelte sie, wie schon so oft zuvor, darüber nach, was ihm zugestoßen sein könnte. Zu einem schlüssigen Ergebnis kam sie jedoch nicht. Als er das Boot verließ, trug er keine teure Kleidung und viel Geld führte er auch nicht mit sich. Trotz allem schlief Dany an diesem Abend besser ein als in der Nacht zuvor.

Zur achten Stunde des neuen Tages erwachte sie. Die Zeit bis zur Ankunft von Augusto kam ihr endlos vor. Ein paar Minuten nach zehn traf ihr Retter auf dem Schiff ein. Sie begrüßten sich freundlich. »Wir sollen noch bis Sonntag hier bleiben«, verkündete er. »Wenn Erasmo dann noch immer nicht aufgetaucht ist, werden wir zurück nach Spanien fahren. Bis jetzt hat die Polizei noch keine Spur von ihm. Ich hoffe die Geschichte hat Sie nicht zu sehr mitgenommen! Wie geht es Ihnen?« »Ich bin wohlauf danke! Im Übrigen bin ich die Danielle.« »Nicht alle Gäste auf dem Schiff waren bisher so locker! Ich habe nebenbei bemerkt einen Mietwagen organisiert für die Zeit, die wir noch hier sein werden«, sagte Augusto. Bis zum Mittag tauschten Dany und Augusto sich ein wenig über ihr Leben und die aktuelle Situation aus. Dann bereitete Augusto das Mittagessen zu. Danielle bot ihre Hilfe dabei an, was er aber dankend ablehnte. »Für dich ist es Urlaub und soll es auch bleiben. Für mich ist es ein Job, wenn auch im Augenblick ein sehr angenehmer«, erklärte Augusto belehrend mit einem freundlichen Augenzwinkern. »Was möchtest du nach dem Essen machen?«, fragte Augusto. »Ich würde mir gerne einen richtigen orientalischen Markt ansehen. Da finden wir bestimmt auch was Leckeres um die Vorräte auf zu füllen«, erwiderte Dany.

Im Gedränge des Central Marktes, gegenüber des Boulevard Mohammed V, in der Nähe des Hafens, schoben sich die beiden durch die Menschen an den Ständen vorbei. Vor allem da wo Kleidungsstücke und Stoffe angeboten wurden, verweilte Danielle länger, Augusto wich ihr nicht von der Seite. Das verschwinden von Erasmo machte schließlich schon genug Probleme. Dany erstand ein buntes Tuch, groß genug, es um die Hüften zu tragen. Bevor sie den Markt verließen, deckten sie sich noch mit frischem Fisch, Obst und Gemüse ein.

Der Aufenthalt unter Deck in den Abendstunden gefiel Danielle deutlich besser als an den beiden zurückliegenden Tagen. Die Situation war wieder im grünen Bereich, abgesehen von Erasmos Abwesenheit. Augusto stellte einmal mehr unter Beweis, wie hervorragend er kochen kann. Zu später Stunde zogen sich die beiden unter Deck zurück. An einem Ecktisch saßen sie sich bei einer Flasche Wein gegenüber. Bereits vor dem Mittagessen erfuhr Dany, das Augusto 37 Jahre alt und seit 12 Jahren verheiratet ist. So beschloss sie die Gunst der Stunde zu nutzen, um zu erfahren, wie man es so lange miteinander aushält. »Bist du glücklich verheiratet?«, fragte sie ihn mit neugierigem Augenaufschlag. »Soll das ein Angebot sein?«, fragte Augusto mit ruhiger Stimme. Danielle lachte und lief rot an. »Nein, nein du hast mich falsch verstanden! Ich wollte wissen, ob du die Ehe bereut hast oder dieselbe Frau sofort wieder vor den Altar führen würdest. Ich kenne eine Menge negative Beispiele auch positive, trotz allem möchte ich so viel wie irgend möglich über die Realität erfahren. Eigentlich würde ich auch gerne Heiraten, bis jetzt habe ich den Richtigen leider noch nicht gefunden. Ein paar Beziehungen, die ich hatte, schienen vielversprechend in Bezug auf den Bund des Lebens, geklappt hat es dann aber doch nicht. Dennoch gebe ich die Hoffnung nicht auf.« Augusto schaute einen Moment nachdenklich in sein halb volles Weinglas. »Ja ich bin noch immer glücklich in meiner Ehe und würde meine Frau sofort aufs neue Heiraten. Es gehört Glück dazu, den richtigen Partner zu finden. Toleranz und Kompromissbereitschaft, ihn zu behalten. Ein Patentrezept gibt es aber, soviel ich weiß, nicht. Meine Frau Simone vertraut mir, wenn ich unterwegs bin, wie auch ich ihr vertraue. Weist du hier auf dem Boot, haben schon recht freizügige Partys stattgefunden, dennoch bin ich ihr nie untreu geworden. Die 'Seastar' wird häufig vermietet, nicht alle können das Schiff so wie dein Partner selbst steuern, dann komme ich ins Spiel. Mein Job ist 'Mädchen für alles' mit Ausnahme von Sex, egal wer sich auch immer an Bord aufhält. Meine Arbeitgeber stehen in dieser Frage hundertprozentig hinter mir.« »Es ist immer schön zu hören, dass es die Liebe fürs Leben tatsächlich gibt. Wäre möglich, dass die Vorsehung für mich einfach einen anderen Plan hat. Immerhin werde ich bald 30«, sagte Dany melancholisch, wobei sie mit dem Ende ihres Zopfes spielte. Augusto füllte die Gläser auf. »Lass den Kopf nicht hängen, mit Erasmo würdest du eine gute Partie machen.« »Ja wenn er überhaupt noch lebt«, fügte Danielle traurig hinzu. »Solange sie ihn noch nicht gefunden haben, gehen wir erst mal davon aus, dass er noch am Leben ist. Es ist ja gerade mal zwei Tage her, dass er verschwunden ist. Was hältst du davon, wenn wir das Thema wechseln? Es bringt doch nichts, wenn wir die ganze Zeit Trübsinn blasen!«, meinte Augusto aufmunternd. »Sicher hast du Recht! Also erzähl mal was Lustiges!« »Ich habe noch eine fünf Jahre jüngere Schwester, ihr Name ist Laura. In unserer Jugend hatten wir immer

Katzen im Haus. Das kam daher, dass meine Mutter das Gebäude in dem wir wohnten von einer Tante, die selber keine Kinder hatte mitsamt einer Katze vererbt bekam. Die Bedingung für die Erbschaft war, dass wir uns der Katze annehmen mussten. Meine Tante, die relativ jung, mit Ende vierzig starb, erwarb das Haus bei einer Versteigerung. Die erste Katze hatte sie sich kurz nach dem Kauf zugelegt, da es in dem Haus Mäuse gab, vor denen sich meine Tante fürchtete. So kamen wir zu Minka, einer schwarzbraunen, kräftigen, verspielten Katze. Die Mäuse im Haus und dessen Nähe hatten längst das Weite gesucht, als wir einzogen. So haben wir Minka immer gut gefüttert, denn wir wollten nicht, dass sie sich zu weit vom Haus entfernt und in Gefahr kommt. Ihren ersten Freund brachte meine Schwester im Alter von sechzehn Jahren mit nach Hause. Die Katze war oft mit im Zimmer, wenn die beiden sich nahe waren. Laura lehnte es ab, die Pille zu nehmen und überließ die Verhütung ihrem Freund. In dieser Zeit wurde Minka plötzlich immer dicker und brachte bald Nachwuchs zur Welt. Kaum konnten die kleinen Kätzchen laufen, blieb bei meiner Schwester die Regel aus. Ein Arzt bestätigte ihr, dass sie in andern Umständen ist. Daraufhin stellte sie ihren Freund zur Rede, obwohl auch sie sicher war, dass er immer ein Kondom benutzt hatte. Rico, ihr Freund, wurde blass und wies jede Täuschung weit von sich, denn er war zu diesem Zeitpunkt selbst erst zwanzig. Noch dazu befand er sich im Studium und war aus diesem Grund nicht in der Lage eine Familie zu versorgen. Meine Schwester wollte keine Abtreibung, wegen der damit verbundenen Risiken und weil Rico ihr aufrichtig gefiel. Nicht viel später fand sie eines der jungen Kätzchen, wie es im Körbchen lag und auf einer Kondomverpackung herum kaute. Da ging ihr ein Licht auf. Die Tür des Nachttischschränkchens, in denen die Gummis lagen war zwar immer verschlossen, aber für eine Katze auf Entdeckungsreise kein ernstes Hindernis. Beim spielerischen Entdecken der Welt musste wohl eines der Katzenkinder in den Schrank gekrabbelt sein und hatte mit den feinen Zähnchen die Kondome durchlöchert. Rico hat sie später geheiratet, sie sind noch immer zusammen.« Dany schmunzelte. »Das die anderen es lustig finden glaube ich, aber was ist mit deiner Schwester?« »Es war nicht leicht für sie, die Pläne für die Zukunft zu ändern. Wenn das Gespräch darauf kommt, lässt Laura dennoch keine Zweifel daran aufkeimen, es im Nachhinein positiv zu sehen. Genau betrachtet ist es ja auch das richtige Alter, um Nachkommen in die Welt zu setzen.« »Ja ist es«, stimmte Danielle nickend zu. Um fünfunddreißig Minuten vor zwei Uhr suchten die beiden ihre getrennten Nachtlager auf.

Fahrt nach El Jadida

Mit einem frischen: »Guten Morgen«, begrüßte Dany ihren Retter um kurz nach neun an Deck. »Guten Morgen! Hast du Hunger?«, erwiderte er. »Ja wie ein Bär«, verkündete Danielle und rieb sich dabei den Bauch. Augusto servierte Kaffee, Toastbrot und Rührei mit Käse. »Wir können heute mit dem Boot rausfahren, wenn du willst.« »Es gibt nichts, was ich lieber täte«, sagte Dany gut gelaunt.

Die 'Seastar' verließ den Hafen von Casablanca in südlicher Richtung. In einer Entfernung zur Küste, in der das Ufer noch gut mit bloßem Auge zu sehen war, legten sie circa 10 Seemeilen zurück. Die Frage, ob sie Interesse an Hochseeangeln habe, verneinte Danielle, mit der Begründung, die Kühltruhe sei doch voll bis oben hin und zum Spaß wolle sie keine Tiere quälen. »Aber ein Bad würde ich schon gerne nehmen«, sagte sie, wobei sie ihr Bikinioberteil zurecht rückte. »Ist okay, entferne dich aber nicht zu weit vom Boot! Hier können Haie auftauchen.« Nach ein paar Minuten kam die junge Frau wieder an Bord. Nicht aus Angst vor den Haien, sondern, weil das Wasser nur siebzehn Grad hatte. Sie legte sich in der Nähe des Bugs auf das Deck, um sich zu wärmen. Auf dem Bauch liegend beobachtete sie das Spiel der Wellen und gab sich dabei Tagträumen hin. Als sie es nicht mehr in der Sonne aushielt, wechselte sie unter Deck.

»Kannst du mir bitte den Rücken eincremen?«, rief sie zu Augusto hinauf, wobei sie sich nach einer Dusche den Körper trocknete. »Bis jetzt hat sich noch niemand gemeldet«, teilte ihr Augusto mit, während er eine Lotion auf ihrer Haut verteilte. »Die Hafenpolizei nicht und Erasmo auch nicht. An der Anlegestelle habe ich eine Info mit meiner Telefonnummer hinterlassen, für den Fall, dass jemand mit uns Kontakt aufnehmen will. Wir werden noch ein Stück weiter fahren, in den Hafen von El Jadida. Dort können wir über Nacht anlegen. Sollte sich etwas Neues bezüglich Erasmo ergeben, ist Casablanca in zwei Stunden erreichbar. Morgen können wir uns dann die Stadt ansehen.« Noch vor Einbruch der Dämmerung waren sie am Ziel.

Den nächsten Tag brachten sie damit zu, El Jadida und die Überreste der alten portugiesischen Stadt Mazagan zu inspizieren. Fasziniert betrachteten sie die geschichtsträchtigen Gebäude und Gemäuer, die mit einfachsten Mitteln errichtet wurden. Der Mittagshitze entzogen sich die beiden in einem Straßencafé mit Blick auf den Atlantik. »Es gibt schon reizvolle Orte auf dieser Welt«, begann Dany, nachdem sie sich eine Zigarette angezündet hatte. »Vor nicht allzu langer Zeit, habe ich keinen Gedanken daran verschwendet, Deutschland zu verlassen. Aber die Dinge ändern sich. Die meisten meiner ehemaligen Freundinnen sind verheiratet oder zumindest in festen Händen. So haben sie kaum noch Zeit, mit mir etwas gemeinsam zu unternehmen. Wenn ich diesen Platz hier mit einem verregneten Tag in Köln, in meinem Büro vergleiche, brauche ich nicht lange zu überlegen, wo ich mich wohler fühle. Allerdings gehöre ich nicht dem Islam an und so wäre dies Land hier wohl auch nicht der beste Platz für mich. Irgendwo auf der Welt muss es doch die optimale Kombination aus Landschaft und Gesellschaft geben. Ich meine einen Platz, wo man nicht danach fragt, welchen Glauben ich habe oder ob ich überhaupt einen habe.« »Ich verstehe, was du meinst«, erwiderte Augusto, »nur siehst du das Leben hier jetzt aus dem Blickwinkel einer Urlauberin. Der Alltag für die meisten Menschen, an welchem Ort der Erde auch immer, ist bestimmt auch nicht viel erfüllender, als für dich in deinem Büro. Leute mit viel Geld haben sicher weniger sorgen. Irgendwann wird aber auch das Leben im Luxus langweilig, wenn man keine sinnvolle Beschäftigung findet. Was hast du eigentlich für Hobbys?«, erkundigte sich Augusto. »Lesen und Puzzeln, für viel mehr, ist kein Platz in meiner Wohnung. Mit genügend Raum würde ich gerne mal probieren Pflanzen zu züchten. Blumen und andere Zierpflanzen faszinieren mich. Und was machst du in deiner Freizeit?«, wollte Danielle wissen. »So viel Freiraum habe ich leider nicht, da ich oft an Bord bin. Außer Angeln und ab und an Fotografieren geht auf dem Schiff kaum was. Bin ich mal zu Hause, hat die Familie Vorrang. Wenn es nach dem wollen ginge, würde ich alte Autos restaurieren. Doch dazu fehlt es an Platz, Zeit und Geld. Vielleicht gewinne ich ja irgendwann im Lotto«, ergänzte Augusto, wobei ein Lächeln über sein Gesicht huschte. »Ja möglich wärs«, sagte Dany leise, den Blick in die Ferne gerichtet. Nach der Besichtigung weiterer Straßenzüge von El Jadida steuerten sie den Liegeplatz ihrer Yacht an. In den Liegestühlen auf dem Heck der 'Seastar' gaben sich die beiden dem Müßiggang hin. Augusto griff träge zum Mobiltelefon, um seinen Chef zu fragen, wie es weiter gehen soll. Der Vorgesetzte erkundigte sich, ob Danielle zurück nach Spanien will, da sie ja dort im Urlaub ist, was diese bejahte. So einigten sie sich, am nächsten Tag direkt zurück nach Puerto Banús zu fahren.

Fünf Tage machte Dany alleine Urlaub auf dem Anwesen von Erasmo. Mit seinem Mercedes-SLK unternahm sie Touren in die naheliegenden Städte und zum Strand. Viel Zeit brachte sie lesend am Pool vor dem Haus zu. Am sechsten Tag stand ihr Lover plötzlich in der Tür. Er wirkte müde und auch ein wenig abgemagert, als er die Veranda betrat. Danielle sprang von ihrer Liege auf, um ihn in die Arme zu schließen. »Was ist geschehen? Wo warst du die ganze Zeit?«, fragte sie aufgeregt, während sie ihn immer wieder küsste. »Moment gleich erzähle ich dir alles, aber jetzt muss ich mich erst mal frisch machen. Wir treffen uns dann in deinem Zimmer.«

Ungeduldig erwartete Dany ihn auf ihrem großen Bett. Als er eintrat, warf er seinen Bademantel auf das in der Nähe befindliche Sofa und legte sich zu ihr. Ohne Umschweife schob er ihre Beine auseinander und vereinigte sich verlangend mit ihr. Nach Momenten, in denen die beiden der Welt entrückten, begann er zu erzählen. »Auf dem Weg zur Hafenaufsicht legte mir plötzlich jemand von hinten ein Tuch vor Mund und Nase, es war mit Chloroform getränkt. Ich versuchte noch zu erkennen, wer es ist, aber er war vermummt. Er steckte in einem schwarzen Frauengewandt mit Schleier, seine Kraft verriet mir, dass es unmöglich eine echte Frau sein konnte.« »Vielleicht war es eine Frau, die Bodybuilding macht«, warf Danielle kichernd ein und brachte Erasmo damit zum grinsen. »Ja vielleicht, heutzutage ist ja vieles möglich. Wie auch immer, aufgewacht bin ich in einem, von knapp 2,50 m Meter hohen Wänden gebildetem Raum, mit einer stabilen Eisentür in der Wand, als einzigem Zugang. Der Raum war quadratisch, mit einer Größe, von ungefähr 5 m x 5 m. In einer Ecke des Bauwerkes befand sich ein frei stehendes Plumpsklo mit Holzdeckel. Das Klo bestand aus einer Art Holzpotest, mit einer Luke vorn, um den im Inneren befindlichen Trog, nach Erfordernis, durch Entnahme zu entleeren. Ein paar Meter weiter, ragte ein Wasserhahn mit einem circa 1,50 m langem Schlauch, in etwa 50 cm Höhe über dem Boden, aus der Wand. Im Betonboden darunter, war ein Abfluss eingelassen Das Verlies schloss nach oben durch ein stabiles Eisengitter ab. Etwa 3 m über dem Gitter, war ein rustikales Holzdach erkennbar, welches den Raum seitlich weit überragte, aber dennoch reichlich Tageshelligkeit in mein Zimmer dringen ließ. Eine Holzpritsche bildete den Schlafplatz. Ich war schon einige Zeit wach und dachte darüber nach, wie ich die Stahltür ausheben könnte, da näherten sich

Schritte, oben zwischen Dach und Mauer. Eine von den Frauen, die ich vor geraumer Zeit als Betrügerin entlarvt habe, stand oberhalb des Eisengitters und sah mit spöttischem Blick nach unten. Nicole, eine damals 22 Jahre alte Ungarin, hatte das Herz eines 74 Jährigen vom Wiener Geldadel erobert. Sie hat noch eine Schwester Beate, zusammen wollten sie den alten Herrn aus dem Weg räumen, nachdem er Nicole als Haupterbin eingesetzt hatte. Das sie es planten, fand ich durch Zufall heraus. Im 'Café Palffy', nahe der Wiener Hofstadt saß ich mit dem Rücken zu ihr, einen Tisch weiter. Mein Arbeitsstiel ist häufig der, dass ich zunächst inkognito bleibe. Ich behalte das Zielobjekt im Auge und stelle fest, ob es sich mit anderen verdächtigen Personen trifft. Wenn das der Fall ist, halte ich die Situation in Bildern fest und konsultiere meinen Auftraggeber. An diesem Tag erschien aber kein Nebenbuhler um sich mit Nicole zu treffen, sondern ihre Schwester Beate. Sie unterhielten sich darüber, wie Nicole am schnellsten zu ihrem 'rechtmäßigen Erbe' gelangen könnte. Totvögeln wäre optimal stellte Beate fest, da kriegt er einen Herzinfarkt, dass ist total natürlich, niemand schöpft Verdacht. Nicole gefiel der Plan nicht, weil es sie ohnehin große Überwindung kostete, sich überhaupt nur neben den 'alten Sack', wie sie sich ausdrückte, ins Bett zu legen. Ein Bild des Grauens klärte sie Beate auf. Seinen verschrumpelten Hängearsch solltest du mal blank sehen! So mancher Zombie im Film sieht im Vergleich mit ihm wie Mister Universum aus. Auch der Umstand, dass er zum Schlafen regelmäßig die Zähne herausnahm, förderte nicht gerade Nicoles Libido. Einig waren sie sich jedoch, dass es kein dumpfer Gewaltakt, wie den Schädel einschlagen oder so werden sollte. Schließlich favorisierten sie es, ihn beim Baden im Wasser unterzutauchen, weil Ertrinken in der Badewanne, bei alten Menschen nicht zwangsläufig auf Fremdverschulden hindeuten muss. Als ich meinem Auftraggeber davon berichtete, trug er es mit Fassung. Er ließ mich wissen, dass er ohnehin nicht mehr lange zu leben hat und Sterbehilfe von einer bildhübschen jungen Frau gar nicht so schlecht fände. Dennoch änderte er sein Testament, worin er nun sein komplettes Vermögen dem Tierheim vermachte. Alles, was er Nicole hinterließ, war folgende Nachricht: 'Ich schenke dir die Freiheit, ich denke dir ist klar was ich meine und hoffe du weißt es zu würdigen!' Mich wies er an Stillschweigen zu bewahren, für den Fall, dass er Tod in der Badewanne gefunden würde, was kurz darauf auch geschah. Mit dem Wissen, welches er von mir hatte, wäre es ihm leicht möglich gewesen sie vor Gericht zu bringen, zum Beispiel durch die Installation einer versteckten Kamera im Bad. Er tat es wohl nicht, weil er selbst bei der Geschichte auch nicht fair spielte. Meine Aussage hätte im Nachhinein nichts genutzt. Ich kann nicht beweisen, dass es wirklich Nicole war oder Josef einfach so in der Wanne ertrunken ist. Wie Nicole von mir Wind bekommen hat, ist mir nicht ganz klar. Vermutlich hat sich mein Wiener Auftraggeber altersbedingt irgendwo Notizen gemacht. Direkt nachgestellt hat sie mir damals sicher nicht, denn der Fall liegt schon mehr als drei Jahre zurück. Das sie mich in Casablanca entdeckte, werte ich als Zufall. Sicher sucht sie wieder einen Mann oder hat schon einen. Na jedenfalls wusste sie, dass ich mit der 'Seastar' gekommen war. Fälschlicherweise nahm sie wohl an, das Boot wäre mein Eigentum und ich sehr reich. Als Ersatz für die fünfzehn Millionen Erbschaft um die ich sie gebracht hatte, stellte sie sich wenigstens ein ordentliches Lösegeld vor. Ich erklärte ihr, dass das Schiff nicht mein Eigentum ist. Nicole hat das dann nachgeprüft und erfahren, dass das Boot tatsächlich oft vermietet wird und ich nicht der Besitzer bin. Ziemlich ungehalten stellte sie fest, dass auf diesem Weg nichts zu holen ist, wollte so leicht aber nicht aufgeben.« »Es ist doch dort mitunter sehr heiß und man schwitzt sehr schnell. Haben sie dir Kleidung zum wechseln gegeben?«, fragte Dany neugierig dazwischen, wobei sie ihm sanft über den Rücken streichelte. »Nein, als ich wach wurde, lag ich nackt auf der Pritsche, unter einer kratzigen Decke, so wollten sie wohl eine mögliche Flucht vereiteln und außerdem gab es noch einen anderen Grund, wie ich später mitbekam. Duschen konnte ich mich mehr oder weniger schon, mit kaltem Wasser eben. Es herrschten in der Tat sehr hohe Temperaturen. Kleidung wäre da eher lästig, weil bei Zeiten stinkig, gewesen. Ich habe auch kein Problem damit, dass die beiden mich ab und an 'barfuß' gesehen haben. Die Decke hätte ich mir jederzeit umhängen können, um ihren Blicken zu entgehen.« »Wie sehen die eigentlich aus?«, forschte Danielle. »Also …, nicht gerade hässlich. Nicole ist nicht sehr groß, ca. 1,60 m, bei geschätzter Konfektionsgröße 34. Sie hat große braune leicht mandelförmige Augen, ihre blonden Haare hochgesteckt und einen breiten sinnlichen Mund. Beate ähnelt ihr recht stark, sie ist ein Stück größer, hat kurze schwarze Haare und wohl eine 36'er Kleidergröße.« »Hattest du Sex mit ihnen? Haben sie dich erregt?«, bohrte Dany weiter. »Nein, Sex hatte ich nicht mit ihnen, ich war die ganze Zeit alleine in meinem Verließ. Es wäre gefährlich für sie gewesen, sich mir soweit zu nähern, an Kraft bin ich ihnen weit überlegen. Und erregt …, ich sagte ja, dass ich sie körperlich nicht abstoßend finde. Unter anderen Umständen, während meiner Zeit als Single …, wer weiß. Jetzt bin ich aber mit dir zusammen und brauche keine andere. Die Vorzüge einer festen Beziehung, weiß ich sehr wohl zu schätzen, dass kannst du mir ruhig glauben. Ich hoffe, du gehörst nicht zu den krankhaft Eifersüchtigen, die mir keinen Blick gönnen! Wo bleibt dein Selbstvertrauen?«, fragte Erasmo, mit hochgezogener rechter Augenbraue. Die junge Kölnerin räusperte sich. »Also krankhaft Eifersüchtig bin ich, denke ich nicht und ich hoffe, dass ich es auch niemals werde. Was gab es denn dort zu essen?« Erasmo erlegte eine Mücke, welche sich auf seinem linken Unterarm niedergelassen hatte, bevor er antwortete: »Bananen.« »Die ganze Zeit?« »Ja, sie haben mir die Früchte durch das Gitter nach unten geworfen.« »Aus welchem Grund haben sie dich gehen lassen?« »So wie ich es mitbekommen habe, versuchten die beiden Verrückten mich allen Ernstes als Sklaven zu verkaufen. Interessenten fanden sie aber nicht, so haben sie mich erneut betäubt und an einer Straße nahe Marrakesch ausgesetzt. Den Behörden habe ich es nicht so ausführlich erzählt, vor allem nicht, dass ich weiß, wer die beiden sind. Wenn sie mich hätten umbringen wollen, wäre es kein Problem für sie gewesen. Da sie es nicht getan haben, meine ich, dass die Sache damit erledigt ist. Ich musste aber auch daran denken, was ich mit dir in deiner Wohnung gemacht habe und das du der Polizei auch nichts davon erzählt hast.« Danielle drehte sich auf den Rücken. »Möglicherweise hast du Recht. Du hast ihnen die Tour vermasselt und sie hatten ihre Rache. Wer dabei moralisch am besten wegkommt, ist schwer zu sagen. Sie wollten den Josef um sein Geld bescheißen und der Josef wollte die Nicole um ihre Jugend bescheißen. Jeder bescheißt jeden oder versucht es zumindest, könnte man fast sagen.«

Die Hauptmahlzeit des Tages nahmen sie auf der Veranda ein. Da Isabel nicht zugegen war, bereitete die Kölner Versicherungsmitarbeiterin Spaghetti mit Dosengulasch zu.

»Willst du dich an Nicole und Beate rächen?«, nahm Dany nach dem Essen das Gespräch auf. Ihr Lover stocherte noch einen Moment die Reste vom Gulasch aus seinen Zähnen, wobei er seine Freundin ansah. »Nein, was sollte ich auch tun? Sie etwa deswegen umbringen oder kompromittieren? Bestimmt nicht!« Gleich anschließend stellte er sich in Gedanken die Frage, was wäre, wenn Danielle nur nach Spanien gekommen ist, um sich an ihm zu rächen. Bisher konnte er bei ihr auch nicht das geringste Anzeichen von Hass ihm gegenüber ausmachen. Mehrere Minuten überlegte er schweigend, ob es einen Sinn machen würde, sie danach zu fragen. Könnte er erwarten, dass sie es zugeben würde, wenn es so wäre? Das sie ihm diese Frage bezüglich Nicole gestellt hatte, könnte aber auch bedeuten, dass sie dieselbe Frage von ihm in Bezug der Vorgänge in ihrer Wohnung erwartete. Dany hatte eine Zigarette im rechten Mundwinkel und betrachtete ihre Fingernägel der Reihe nach, als Erasmo zögerlich fragte: »Hast du mal an Revanche gedacht, wegen der Geschichte in deiner Wohnung?« Danielle nahm den Glimmstängel aus dem Mund und entfernte die Asche. Mit einem hämischen Lächeln schaute sie ihn an. »Kriegst du etwa kalte Füße? Nein verdammte Scheiße, warum sollte ich dann mit dir schlafen? Komm jetzt bloß nicht auch noch auf die Idee dich dafür zu entschuldigen. Es gab Tage, da hätte ich auf einen Besucher wie dich anders reagiert, denke ich. Als ich mich entschloss die Blumen ins Fenster zu stellen, habe ich auf mein Bauchgefühl gehört, welches mich bis jetzt noch nicht enttäuscht hat. Das sich jetzt herausgestellt hat, dass du nicht immer der rücksichtslose Macho bist, finde ich ehrlich gut. So eröffnet sich mehr Spielraum für die Erotik zwischen uns. Viele Jahre habe ich mich mit den Softies wohlgefühlt. Als du in meiner Wohnung warst, ist etwas in mir erwacht, was ich lange unbewusst zu verdrängen versuchte. Zärtlichkeiten mag ich nach wie vor, aber eben nicht ausschließlich. Ich denke du weißt was ich meine«, sagte Dany grinsend. Strahlend sah ihr Geliebter sie an. »Also kann ich mir Hoffnung machen, dass du bei mir bleibst und nach Spanien ziehst?« Dany überlegte, wobei sie mit dem Zeigefinger der linken Hand über die Armlehne ihres Liegestuhles fuhr. Mit den Augen verfolgte sie einen Spatz, der den Boden nach etwas Essbarem absuchte. Sie dachte an ihren Job bei der Versicherung, den sie aufgeben müsste, auch an ihre Familie, die sie dann nur noch selten sehen würde. Die Besuche bei den Eltern könnte sie verschmerzen. Ansonsten gab es kaum noch jemanden in Köln, den sie zum Ausgehen hatte. Dies hier war eine Chance, die sich nicht so oft bietet. Und wenn es doch schief laufen würde, könnte sie ja immer noch zurück nach Deutschland, jetzt wo vieles zur EU gehört. Der Gedanke, sofort auf Erasmos Kosten zu leben, gefiel ihr jedoch nicht wirklich gut. Seit Beginn ihrer Berufstätigkeit, war sie finanziell unabhängig, musste nicht fragen, wenn sie Geld ausgeben wollte. Aus diesem Grund stellte sie die Bedingung, es nur mit ihm zu versuchen, wenn sie in Spanien einen Job findet. Ihr Partner zeigte Verständnis und vertrat die Meinung, dass Danielle aufgrund der vielen Deutschen in der spanischen Küstenregion bestimmt keine Probleme hat, eine Arbeit zu finden. Nachdem alle Zweifel ausgeräumt waren, gab sie ihr Einverständnis, es mit ihm zu versuchen. »Das müssen wir feiern!«, rief Erasmo begeistert und begab sich ins Haus um eine Flasche Schampus zu holen. Nachdem sie die Flasche geleert hatten, schlug seine Partnerin vor, einen Spaziergang in der Nähe des Grundstücks zu machen. Sie wollte sich mit der Umgebung ihres neuen Domizils anfreunden. Die beiden liefen über unbefestigte Wege und Wiesen, begleitet vom Gesang zahlreicher Vögel und dem zirpen der Grillen.

'Es ist schon eigenartig', dachte Danielle beim Laufen, 'die Silke hat immer von so einem Typen geträumt, war nun aber mit Torsten verheiratet, der den Südländer nicht annähernd so gut rüber bringt wie Erasmo. Ich die gar nicht so auf einen Latinlover fixiert war, habe jetzt einen. Dem üblichen Klischee entspricht er genau betrachtet auch gar nicht so. Die Tatsache, wie er auf seine Entführung reagiert hat und vorhin, als ich ihn beim Sex in die Brustwarzen gekniffen habe, könnte ich möglicherweise für mich ausnutzen. Ein bisschen würde ich ihn schon gerne erziehen, nur für mich. Den anderen gegenüber soll er selbstbewusst sein und bleiben. Nur beim Sex mit mir, kann er die Rollen tauschen, je nach Stimmung. Ansonsten mache ich die Regeln in unserer Beziehung und vielleicht auch Ehe, was davon abhängt, wie er sich entwickelt. Da wird die Silke Augen machen, wenn ich ihr alles erzähle und ihr dazu die Bilder von meinem neuen Typen zeige.' Unvermittelt gab sie ihrem Herzblatt einen kräftigen Klaps auf den Hintern, bevor er protestieren konnte, verschloss sie seinen Mund mit einem leidenschaftlichen Zungenkuss, wobei sie ihm unschuldig in die Augen sah. »An was hast du gerade gedacht?«, erkundigte sich Erasmo, nachdem sie wieder von ihm abgelassen hatte. »Was wir in den nächsten Tagen noch so unternehmen können«, schwindelte Dany, ohne rot zu werden. »Und das wäre?« »Lass uns morgen nach Istán fahren, den Ort würde ich mir gerne näher ansehen. Da können wir auch gleich eine Wanderung um den Stausee machen. In einem Rucksack nehmen wir Verpflegung für ein Picknick mit.« »Der Vorschlag ist super«, pflichtete er ihr mit Bewunderung bei.

Auf dem Rückweg zum Haus verfiel Erasmo in Gedanken. 'Was sollte das eben mit dem Schlag auf meinen Arsch? Ich habe ihr wohl zu viel über mich Preisgegeben bewusst oder unbewusst? Jetzt weiß sie, dass ich mich auch mal führen lasse. Eigentlich wäre es ja auch kein Problem, wenn es mich geil macht, ist es in diesem Fall okay. Schlecht wäre es nur, sobald sie es ausnutzt und vor hat, einen Pantoffelhelden aus mir zu machen, bei dem es erst immer weniger und dann gar keinen Sex mehr gibt. Genügend Beispiele zu dem Thema kenne ich ja. In der Mehrheit der Beziehungen gibt es laut Statistiken auch keine Gleichberechtigung, einer ist der Unterlegene, der andere gibt den Ton an. Von ihr hätte ich irgendwie nur nicht erwartet, dass sie so schnell danach strebt, die Oberhand zu gewinnen. Ach warum nicht, ich probiere es einfach mal aus und lasse es auf mich zu kommen. Wird es zu extrem, sind wir doch nicht füreinander geschaffen.'

Nachdem sie ihre mittlerweile festen Plätze auf der Veranda wieder belegten, fragte Erasmo seine Liebste, ob sie Lust verspürt zum Abendessen nach Marbella zu fahren. Mit beiden Händen prüfend, in den leichten Speckansatz an ihrem Bauch greifend, gurrte Dany: »Wirst du mich auch dann noch lieben, wenn ich richtig fett geworden bin?« »Natürlich«, erwiderte ihr Partner mit bemühter Ehrlichkeit in der Stimme, wobei er sich am Hals kratzte, auf den Speck in ihren Händen blickte und überlegte: 'Vielleicht sollte ich doch mal wieder in die Kirche gehen und ein paar Gebete sprechen.' »Das finde ich sehr lieb von dir«, wisperte Dany und angelte dabei ihre Zigarettenschachtel vom Tisch.

Das Abendmahl im Restaurant 'Messina' geriet zur vollsten Zufriedenheit. Im gehobenen Ambiente verspeisten die beiden ein drei Gänge Menü. Danielle hielt sich trotz der Beteuerung ihres Freundes an kalorienarmes Essen, bestehend aus Fisch und Salaten. Nach dem verlassen des Lokals entschieden sie sich für einen Verdauungsspaziergang am nächtlichen Strand. Der Himmel war sternenklar, was zu deutlicher Abkühlung führte. Voluminös hing der Mond über der dunklen, fast glatten Wasseroberfläche. Dany und ihr Lover waren die Einzigen, die neue Spuren im Sand hinterließen. Die steingewordenen Wünsche nach Geborgenheit hatten sie bereits weit hinter sich gelassen, als sie stehen blieben, um ihre Lippen zu vereinen.

»In ein paar Tagen sitze ich schon wieder in meinem Büro, 2500 Kilometer entfernt von dir. Wie sehen deine Pläne für die Zeit nach dem Urlaub aus?«, fragte Danielle in den späten Morgenstunden des vorletzten Urlaubstages. »Ich habe einen neuen Fall, allerdings nicht in Deutschland, sondern in Barcelona. Wie lange es dauert, weiß ich noch nicht. Das weiß ich genau genommen nie.« Dany lehnte sich in ihrem Stuhl zurück und atmete tief ein. »Also wird es länger dauern, bis wir uns wieder sehen?« Erasmo blickte sie dezent verlegen an und seufzte: »Ja es sieht ganz danach aus, aber was soll ich machen? Ich habe mir schon überlegt, wenn du hierhergezogen bist, meinen Job zu schmeißen und ein Restaurant aufzumachen, damit ich immer in deiner Nähe bin. Da bräuchtest du deine Arbeitskraft auch nicht anderweitig zu Markte tragen. Wenn es dann irgendwann richtig läuft, können wir uns im Hintergrund halten und nur eingreifen, wenn es unbedingt sein muss.« »Hört sich vernünftig an«, bekräftigte ihn Danielle. »Gleich als Erstes, wenn ich wieder in Deutschland bin, kündige ich meinen Job. In frühestens vier Monaten kann ich dann bei dir einziehen.«

Letzte Monate in Köln

Silke freute sich von allen am meisten, als Dany in der letzten Augustwoche 2009 wieder im Büro erschien. Sie drückte und herzte sie, gab ihr schließlich noch einen Kuss auf den Mund. Die Neuigkeiten hätten sie fast umgehauen. »Da könnte man ja fast missgünstig werden. Ein waschechter Spanier, der auch noch gut Deutsch spricht und nicht arm ist. Den einzigen Spanier, den ich mal hatte, das war so ein Urlaubsgigolo auf Mallorca. Du weißt schon, mit kurzen schwarzen, vor Gel triefenden Haaren, einer Bräune, die nicht weit vom Afrikaner entfernt war und sportlichen 1,85 m, eben gut aussehend und gut bestückt noch dazu, aber völlig mittellos. Damals wollte ich die Erfahrung unbedingt machen, weil die Latinos in aller Munde waren und ich in der Hinsicht noch Jungfrau. Im Bett lag er minimal über dem Durchschnitt mit dem Potenzial zur Verbesserung. Seit diesem Erlebnis wollte ich so einen, nur eben mit Kohle oder zumindest Bock zu arbeiten. Das Schicksal wollte es offensichtlich anders, deprimiert bin ich aber deswegen nicht. Seit ich den Torsten habe, weiß ich, dass es gar nicht notwendig ist, am Ende der Welt zu suchen. Besser als er, hat es mir noch keiner zuvor besorgt.« Danielle musste in sich hinein lachen, während sie die Unterlagen auf dem Schreibtisch durchsah. Einmal mehr wurde ihr bewusst, wie sehr sie Silke vermissen würde, als Erasmos Frau in Spanien. »Du musst mich unbedingt besuchen in meiner neuen Heimat«, sagte Dany mit Wehmut in der Stimme. Dabei Blickte sie kurz von ihren Unterlagen zu Silke auf. »Klar mache ich das, wird bestimmt besser als Pauschalurlaub.« »Da kannst du sicher sein!«, bestätigte Danielle, sich in ihre Arbeit vertiefend. Ganz oben auf, lag eine Haftpflichtforderung. Das Paar Peter und Gabi R. kam nach einem Gaststättenbesuch, gegen 22:25 Uhr, in seiner Wohnung in Köln Ehrenfeld an. Da sie plötzlich Hunger verspürten, entschlossen sie sich einen Hühner-Nudel-Eintopf aus der Dose zu erhitzen. Obwohl beide Raucher sind und jeder pro Tag eine gute Schachtel Zigaretten konsumiert, trauen sie der Mikrowelle nicht mehr über den Weg. In einer Zeitschrift hatten sie einen kritischen Beitrag zum Thema Essen aus der Mikrowelle gefunden. Aus diesem Grund benutzten sie den Herd der Einbauküche zum zubereiten der Speise. Im Verlauf des Garungsprozesses kam der Topf auf dem Herd beim Umrühren ins Rutschen. Peter versuchte ihn reflexartig zu halten. Dabei verbrannte er sich die linke Hand. Der Schmerz führte dazu, dass er seinen Arm radikal nach hinten riss. Infolgedessen schlug er Gabi, seiner Frau, mit einer Flasche Rum der Marke 'Kapitän Koma' vom Discounter, die Zähne ein, weil diese gerade zum trinken angesetzt hatte, als sie ihm über die Schulter schauen wollte. Mit der Flasche im Hals fiel Gabi nach hinten und brachte dabei einen zwei Meter hohen Vorratsschrank dazu, ins Fenster zu stürzen. Flocki, ein anderthalb Jahre alter Mischlingshund aus Foxterrier und Zwergpinscher, versuchte darauf hin sein Frauchen zu verteidigen und verbiss sich im Gesäß von Peter R. Zunächst plante dieser das Tier los zu werden, indem er einfach versuchte sich zu setzen, was aber nur dafür sorgte, dass Flockis Zähne sich noch weiter in sein geschundenes Fleisch gruben. Mit dem Hund am Hosenboden schleppte sich Peter schreiend zum Bad. Da er wusste, dass der Hund sich nicht sonderlich zum Wasser hingezogen fühlt, wollte er sich seiner mit dem Brauseschlauch der Badewannenarmatur entledigen. Der Versuch glückte, allerdings rutschte Peter gleich anschließend auf den nassen Fliesen aus. Das Waschbecken, an dem er Halt suchte, riss er beim Fallen mit nach unten. Dabei wurde der unter dem Becken befindliche Wasseranschluss beschädigt, sowie mehrere Fliesen des Bodens. Weil das Eckventil sich nicht mehr schließen ließ, drohte eine Überschwemmung. Mit einem Lappen in seiner rechten Hand verschloss er die undichte Stelle, aus welcher das Wasser weiter zu strömen drohte, konnte aber dadurch seinen Platz nicht verlassen. Mit der Klobürste in der linken Hand, wehrte er die erneuten Attacken des Hundes ab, dabei verzweifelt um Hilfe rufend. Inzwischen sind alle wieder auf dem Weg der Besserung. Gabi erhielt Zahnersatz, Peters Wunde wurde genäht und zu Flocki kommt zweimal die Woche ein Hundetrainer. Die Kosten von knapp dreitausend Euro möchte Peter R. auf die Haftpflichtversicherung umlegen. Fragend schaute Dany Silke an, nachdem sie die Aussage zu Ende gelesen hatte. Die Lippen aufeinander gepresst, so das sie wirkten wie ein schmaler Strich, rollte Silke ihre Augen extrem hin und her. Lange hielt sie aber nicht durch, dann musste sie lauthals lachen. »Ihr wollt mich verarschen?«, fragte Danielle schmunzelnd. »Nein, wirklich nicht. Ich war persönlich bei Peter R. In löchriger Hochwasserhose, durch Hosenträger am spilligen Körper gehalten und einem Unterhemd, dass seine Ernährungsgewohnheiten dokumentierte, hat er mich eingelassen. Ich habe nur aufgeschrieben, was er mir erzählt hat. Wir haben dir den Fall aufgehoben, für einen guten Einstieg nach deinem langen Urlaub.«

Am darauf folgenden Mittwochabend fand ein Treffen in Silkes Wohnung statt, eine Bottleparty im kleinen Kreis. Außer Dany waren noch drei Freundinnen von Silke eingeladen. Bei dieser Gelegenheit führte Danielle ihre Urlaubsbilder vor und berichtete, was Silke im Gegensatz zu ihren Freundinnen schon zum größten Teil wusste. »Oh ja, in der Tat sehr reizvoll. Für den südländischen Baustil konnte ich mich schon immer erwärmen. Ob ich allerdings nach vier Wochen deswegen alles stehen und liegen lassen würde, bezweifle ich«, kommentierte Silke die Bilder. Bianca, Karla und Doris, Silkes Freundinnen waren ebenfalls sehr erbaut von dem Urlaubsreport. Bianca, eine schmale hochgewachsene Brünette mit doppel D Auslage, schulterlangen Haaren und blaugrauen Augen erkundigte sich, ob Erasmo noch männliche ungebundene Geschwister hat. Da sie ihr Job in der Kaffeebar, in der sie seit fünf Jahren arbeitete, nicht zu hundert Prozent berufsmäßig befriedigte, suchte sie Alternativen. Auch Karla, eine sportliche 1,75 m große, mit kurzen blonden Haaren und Zungenpiercing ausgestattete Sekretärin zeigte Interesse. Doris hatte wohl keinen Bedarf, sie rekelte sich im Sessel, schaute an die Decke und ließ dabei ihre langen schwarzen Haare über die Lehne des frei stehenden Sitzmöbels fallen. Silke unterstützte Torsten derweil bei der Vorbereitung der kalten Platte in der Küche. Die Antwort, die sie von Dany bekamen, war nicht die erhoffte. »Wäre ja auch zu schön gewesen«, murrte Bianca, wobei sie ihr Haar mit einer Kopfbewegung über die rechte Schulter nach hinten warf. »Ich wollte nur mal wissen, ob es in anderen Ländern auch so viele Singles gibt. Mehr oder weniger zu Studienzwecken, wirklichen Bedarf habe ich nicht«, gab Karla selbstbewusst von sich. In dem Moment kam Torsten mit der Verpflegung herein und stellte die Platte in der Mitte des Couchtisches ab. Nachdem sich alle bedient hatten, spülten sie mit Bier nach. Mit viel Lob wurde die Kombination Honigmelone-Schinken bedacht, aber auch diverse Zusammenstellungen von rohem Fisch fanden große Anerkennung. Silke vertiefte sich mit Doris, die sie seit der Schule kannte, in ein Gespräch über die alten Zeiten. Bianca interviewte Torsten bezüglich der Anlagemöglichkeiten für ihr Geld. Mit der Entwicklung der Rendite ihrer Aktien war sie nicht so recht zufrieden. Ihr jetziger Anlageberater wurde Bianca zunehmend suspekt. Obwohl ihre Aktien permanent an Wert verloren, war er stets voller Zuversicht und redete davon, dass Geduld haben müsse, wer im Wertpapierhandel Geld verdienen wolle. Lange hatte ihm Bianca vertraut. Woran das lag, konnte sie noch nicht einmal bestimmt sagen. Immer wenn sie ihn in seiner Bankfiliale aufsuchte, zeichnete ihn ein vertrauenerweckender Habitus, bestehend aus perfekter Grauhaarfrisur, makellosem dunklen Nadelstreifenanzug und monotonem synthetischen Lächeln aus. Seine ruhige Baritonstimme sorgte zusätzlich dafür, aufkommende Panik unterschwellig im Keim zu ersticken. Einzig, dass er sich ab und an in den Schritt griff, während er sie unverhohlen ansah, gefiel Bianca nicht so gut. Stutzig wurde sie erst, als sich der Kurs ihrer Wertpapiere von der zweiten Stelle vor dem Komma zur Ersten nach dem Komma verschoben hatte. Als Bianca ihn darauf ansprach, hielt er es für den richtigen Zeitpunkt noch mehr von den Papieren zu kaufen, da sie gerade so günstig zu haben seien. Damit befand sich Torsten in einer schwierigen Lage, aus dem ganz einfachen Grund, dass Bianca als Freundin von Silke gewissermaßen einen Sonderstatus einnahm. Also versuchte er, so gut wie möglich auszuweichen. »Prinzipiell falsch ist es nicht, Aktien zu kaufen, wenn der Kurs niedrig ist. Es kommt aber auf die Entwicklung des Papiers an«, stellte Torsten fachmännisch und mit ernster Miene fest. Silke half ihm aus der Patsche, indem sie Bianca freundlich aber bestimmt fragte, ob sie den Eindruck habe bei Neureichen zu Gast zu sein. Nach einem 270-Grad-Blick in die Umgebung schaute sie erst zu Boden, dann direkt zu Torsten. »Über Aktien können wir ja später noch mal reden«, wisperte sie alsbald versöhnlich. Danielle unterhielt sich mit Karla über das Piercen. Speziell was die Schmerzen und den Heilungsprozess anbelangt, wollte Dany Informationen aus erster Hand. Karla erklärte ihr, dass die Zunge eine sehr sensible Stelle für Schmuck ist und sie vorzugsweise eine Person mit Erfahrung durchlöchern sollte. Richtig ausgeführt muss es nicht zwangsläufig schmerzhaft sein, in der Regel ist die Wunde nach 14 Tagen verheilt. Bei Karla gab es keine Komplikationen mit dem Heilungsprozess, da Sperma im Normalfall keimfrei ist, wie sie sagte. »Spielst du mit dem Gedanken dir auch eins machen zu lassen?« »Ja, ich bin mir aber noch nicht ganz sicher wo genau. Bei der Zunge habe ich Bedenken wegen der Zähne, dass die mir nicht beschädigt werden. Für den Anfang denke ich an ein Bauchnabelpiercing, wenn das nicht unangenehm ist, könnte weiter unten noch eins folgen.« Danielle strich ihre Bluse glatt und griff nach ihrer Flasche. Karla drehte sich auf dem Sofa, so weit es ging, in Danys Richtung. Mit leicht geöffneten Beinen hob sie ihren dünnen dunkelroten Pullover so an, dass der Schmuck ihrer Brustwarzen für Danielle sichtbar wurde. »Wie findest du die?« »Dir stehen die Ringe ausgezeichnet. Sie passen zu deinen Brüsten und fügen sich harmonisch ins Gesamtbild«, lobte Dany ehrfürchtig. Nach einem gelispeltem: »Ich finde sie auch superschön«, verhüllte Karla ihre extravaganten Möpse wieder. Gegen 23:30 Uhr verabschiedete Silke ihre Gäste mit einem Prosecco. Für die Zeit, welche sie noch in Deutschland weilen würde, lud Karla, Danielle vor der Tür zu gemeinsamen Unternehmungen ein.

In den folgenden Wochen kümmerte sich Dany um den Verkauf ihrer Wohnungseinrichtung, da sie diese bald nicht mehr benötigen würde. Trotz der Aussicht auf ein sorgenfreies Leben beschlich sie ein Gefühl von leichter Melancholie, als das Sofa abgeholt wurde, mit dem diverse leidenschaftliche Erinnerungen verbunden waren. Danielles Eltern nahmen ihren Entschluss nach Spanien aus zu wandern mit gemischten Gefühlen auf. »Es ist deine Entscheidung! Keine drei Jahre mehr und du bist dreißig. Allzu viel Zeit, die Liebe deines Lebens zu finden, bleibt dir also nicht mehr. Wir wüssten dich lieber in unserer Nähe als in Spanien, dennoch wünschen wir dir viel Glück, was immer du auch tust«, waren die Worte ihrer Mutter. Susanne zeigte deutliche Bewunderung für den Mut ihrer Schwester. »So weit ist es ja mit dem Flieger gar nicht, wenn wir uns mal besuchen wollen, in welche Richtung auch immer. In der Zeit der Billigflieger muss so eine Reise auch nicht zwangsläufig mit hohen Kosten verbunden sein«, kommentierte sie den Entschluss ihrer großen Schwester.

An einem kalten düsteren Montag in der dritten Januarwoche des neuen Jahres fand die Wohnungsübergabe statt. Im Anschluss fuhr Dany noch mal in die Kölner Altstadt. Die Dinge, die sie mitnehmen wollte, in der Hauptsache Kleidung, Andenken und ihr Kuscheltier hatte sie bereits in der Woche zuvor mit einem Umzugsservice vorausgeschickt. Im 'Hard-Rock-Café', trank sie, um der alten Zeiten willen, einen großen Cappuccino, ehe sie sich auf den Weg zum Flughafen Köln-Bonn begab.

In den frühen Abendstunden holte sie Erasmo in Malaga ab. Als sie sich begrüßten, existierte die Welt ringsherum für die beiden eine

102

Weile nicht mehr. Beim Erreichen des Anwesens von Erasmo war es bereits dunkel. Nach einem Imbiss, den Isabel in der Küche vorbereitet hatte, bevor sie ging, entschlossen sie sich für ein gemeinsames Bad. Ihm war die monatelange Trennung von Danielle deutlich anzusehen, als er zu ihr in den runden, im Boden eingelassenen Whirlpool stieg. Ohne viele Worte ließen sie ihrer Begierde freien Lauf. Nachdem sie ihre Sehnsucht gestillt hatten, lehnte er sich rücklings an den Wannenrand. Danielle legte sich zwischen seine Beine, wobei ihr Rücken auf seiner Brust lag. Ihren Kopf schmiegte sie an Erasmos linke Wange. Da sie in der Zeit nach dem ersten gemeinsamen Urlaub oft die modernen Kommunikationsmittel verwendeten, waren sie über die wesentlichen Vorgänge im Leben des Partners auf dem Laufenden. Neuigkeiten gab es dennoch. »Hast du Lust, mit mir zusammenzuarbeiten?«, flüsterte er ihr ins rechte Ohr, wobei er mit den Händen Danielles Brüste massierte. Sie streckte ihren Kopf nach hinten, sodass sie ihrem Freund in die Augen sehen konnte. »Wobei denn?« »Ich habe da eine Anfrage von einer 52-Jährigen vermögenden Frau aus München. Ihre 25-Jährige Tochter Tanja treibt sich hier in Marbella rum. Sie möchte verhindern, dass die junge Frau auf die schiefe Bahn gerät. Aus diesem Grund hat sie Interesse für das Umfeld in dem sich ihre Tochter bewegt.« »Wozu brauchst du mich denn dabei?« »Na ja«, begann er etwas zögerlich, »ein paar Dinge habe ich schon herausgefunden. Sie treibt sich in Lesbenkreisen rum. Seit sie hier ist, wohnt sie in der Av del Duque Ahumada bei einer Frau. Ihr Name ist Ana Sanches ebenfalls 25. Da sie nicht auf Männer steht, ist einfach kein Rankommen an sie. Obwohl sie oft in einem Café nahe der Uferpromenade sitzt und liest. Einmal habe ich es probiert. Es war ein regnerischer Tag, niemand außer ihr saß in der 'Garum Café Bar'. Ich bin an ihren Tisch gegangen und habe sie gefragt, ob es ihr recht ist, wenn ich mich setze. Einen Augenblick hat sie zu mir aufgesehen und dann einfach gesagt: »Verpiss dich!«, um im nächsten Moment wieder in ihr Buch zu schauen.« »Lass uns erst mal aus dem Wasser steigen, sonst rebelliert meine Haut«, schlug Dany vor und erhob sich mit dem Ende ihres Statements, um die Wanne zu verlassen. Um kurz nach 20 Uhr lagen sie unter einer warmen Decke im Bett vom Hauseigentümer. Auch sein Nachtlager war frei stehend. An der Wand gegenüber dem Fußende fand ein ausladend dimensionierter Flachbildfernseher seinen Platz, darunter eine Hi-Fi-Anlage. Rechts vom Bett befand sich eine Fensterfront in Zimmerhöhe. »Erst mal möchte ich eins genau wissen«, begann Danielle. »Bei der Geschichte von Josef aus Wien hast du mir erzählt, dass du die Personen beobachtest und gegebenenfalls Bilder machst. So wie ich das vor ein paar Minuten verstanden habe, nimmst du aber auch direkten Kontakt mit ihnen auf, beziehungsweise versuchst es. Hast du auch schon mit deinen Zielobjekten geschlafen?« Einen Moment zögerte Erasmo. »Ja es ist schon vorgekommen, wenn es keinen anderen Weg gab. Da war ich aber ungebunden, also ohne Partnerin.« »Ja mir ist klar was mit ungebunden gemeint ist!«, erwiderte Dany mürrisch. »Also notfalls hast du die Frauen auch verführt, um ihnen Untreue nach zu weisen?«, bohrte sie weiter. »Ja, aber wie du ja weißt gehören immer zwei dazu. Wenn jemand fremdgeht, ist zuvor die Liebe gegangen, falls sie überhaupt gehen musste. Nicht jeden Verdacht der Männer konnte ich bestätigen. Das ich eine rum gekriegt habe, war eher selten. Es ist wohl oft auch einfach die Angst der Männer, welche sehr attraktive Frauen haben, diese zu verlieren. Am liebsten würden sie ihre Frauen einsperren, fast so wie im Mittelalter, als der Keuschheitsgürtel erfunden wurde.« Dany drehte sich zu ihrem Geliebten und packte mit den Fingerspitzen der rechten Hand, unsanft seinen rechten Brustmuskels, nahe dessen Zentrums, wie ein Schraubstock. Mit der linken Hand strich sie ihm sanft durch sein Haar. »Das du in Zukunft nicht mehr mit anderen fickst, nachdem ich alles für dich aufgegeben habe, darin sind wir uns doch wohl hoffentlich einig!«, säuselte sie dabei sanft aber bestimmt. Er griff mit seiner rechten Hand ihre rechte Hand und dirigierte sie zu seinem Schniedel, welcher so mit Blut gefüllt war, dass er die Konsistenz von Hartgummi besaß. »Das ich dich begehre, sind nicht nur leere Worte, wie du dich überzeugen kannst. Die Wahrheit ist, dass ich zu den Menschen gehöre, die an die große Liebe glauben. Bei den Frauen, mit denen ich wegen des Jobs Sex hatte, habe ich mich nie wirklich wohlgefühlt. Manchmal bekam ich fast eine Gänsehaut bei dem Gedanken an ihr eiskaltes Herz. Falls es in Zukunft gar nicht anders geht, werde ich im Zweifelsfall einfach einen Dressman anheuern, um sie zu testen.« Während er das sagte, strich Erasmo mit der rechten Hand über Danielles Rücken, um sie hinterher, leicht tätschelnd, auf ihrem Po verweilen zu lassen. »Also dann sag mir mal genau, was ich tun soll«, forderte Danielle, wobei sie mit seinem Geschlecht spielte. »Vielleicht gelingt es dir, dich mit Tanja an zu freunden. In dem Café, von dem ich dir erzählt habe, sitzt sie oft, wenn ihre Freundin unterwegs ist. Ana stellt Souvenirs in Heimarbeit her und verteilt sie mit ihrem Peugeot 208 an mehrere Händler entlang der Costa del Sol. Vorstrafen hat sie keine, soweit ich es in Erfahrung bringen konnte. Das heißt aber nicht, dass damit

Kontakte zur Unterwelt zwangsläufig nicht vorhanden sind. Meine oder auch unsere Auftraggeberin möchte sicher sein, dass Verbindungen zu Drogen- und Rotlichtmilieu ausgeschlossen sind.« Dany atmete tief ein. »Ob ich die Lesbe richtig rüber bringe, weiß ich nicht, da habe ich null Erfahrung. Und was ist, wenn Tanja sich auf mich einlässt? Wie weit kann ich gehen? Gerade eben habe ich deine Treue eingefordert. Bist du denn nicht eifersüchtig?« »In dem Fall wäre ich nicht eifersüchtig, weil Sex unter Frauen nicht dasselbe ist und du vor allem auch nicht wirklich darauf stehst. Damit ergibt sich auch, wie weit du gehen kannst, und zwar soweit, wie es für dich okay ist.« »Und was ist, wenn Tanja mir nicht gefällt?«, seufzte Danielle. Er schaltete den Fernseher mithilfe der Fernbedienung, welche auf dem Nachttisch gelegen hatte, ein. Über den integrierten Cardreader rief er Bilder ab, die er unbemerkt von Tanja aufgenommen hatte. Zu sehen war eine zierliche 1,55 m große junge Frau mit erdbeerblondem Kurzhaarschnitt. Große grüne Augen unter kräftigen dunklen Brauen, eine Stupsnase und ein sinnlicher Mund mit vollen Lippen unterteilten das ovale Gesicht harmonisch. Ihre kleinen festen Brüste, zeichneten sich auf einem eng anliegenden cremefarbenen ärmellosen T-Shirt ab. Auf den folgenden Bildern war ihr flacher Bauch und ihr sportlich muskulöser Po, verpackt in einer dunkelblauen Stretchjeans zu erkennen. Mit neugierigen Blicken verfolgte Dany die Diashow, wobei sich ihre Miene zusehends aufhellte. In Gedanken zog sie Tanja aus. »Und wie ist es? Willst du es versuchen?«, erkundigte sich ihr Freund schließlich, wobei er Danielles linke Hand zu seinem Mund führte, um sie zu küssen. »Sie ist eine echte Schönheit! Warum nicht! Da sie aber mit Ana zusammen ist, wird es ohnehin nicht mehr als eine Freundschaft, wenn überhaupt.«

Zwei Tage später war es soweit, am späten Vormittag chauffierte Erasmo seine Liebste nach Marbella. Er brachte sie in die Nähe der 'Garum Café Bar', wo sie Tanja begegnen sollte. »Wie du mich erreichen kannst, weißt du ja«, verabschiedete er sich. Es war ein kühler Tag mit Temperaturen um sieben Grad. Der nicht weit entfernte Strand, dem Dany nur einen flüchtigen Blick schenkte, wirkte leblos wie ein Acker im Herbst. Mit schnellen Schritten lief sie zum Zielort.

In ihre Lektüre vertieft, hatte Tanja, einer der wenigen Gäste, keinen Moment den Blick gehoben als Danielle eintrat. So richtig wusste Dany nicht, wie sie vorgehen sollte, um es nicht zu vermasseln.

Zahlreiche Tische im Lokal waren frei. Wenn Tanja sie abblitzen lassen würde, müsste sich ihr Partner nach einem Ersatz für sie umsehen. Eine zweite Chance war ausgeschlossen. Also setzte sie sich erst mal an den Tisch gegenüber und bestellte einen Café con leche. Wie Erasmos Freundin erkennen konnte, beschäftigte sich Tanja mit einem Thriller in Deutsch. 'Nicht schlecht', dachte sie, zumindest könnte sie Tanja nicht einfach mit einem no comprende abwimmeln. Tanja spürte wohl Danielles blicke, die sie seit Minuten taxierten wie die Auslage eines Schaufensters. Sie schaute von ihrem Buch auf, geradewegs zu Dany, dabei schwenkte sie ihre Tasse in der rechten Hand, bevor sie Trank. Danielle bemühte sich, so freundlich wie möglich zu lächeln. Tanja quittierte es, indem sie kurz die Augenbrauen hoch zog und schmunzelte, dann widmete sie sich wieder ihrem Buch. Das Eis war gebrochen, Dany fasste sich ein Herz und ging zu Tanja an den Tisch. »Ich nehme an Sie sprechen Deutsch«, dabei richtete sie ihre Augen kurz auf Tanjas Lektüre. »Darf ich mich zu Ihnen setzen?« Tanja klappte ihr Buch zu und sagte dann: »Ja bitte. Woher kommen Sie?« Danielle blieb bei der Wahrheit, ohne allzu sehr ins Detail zu gehen, bis auf den Beruf ihres Partners, den sie aus der Not heraus zum Immobilienmakler machte. »Wenn ich das richtig verstanden habe, sind Sie so eine Art gelangweilte Hausfrau auf der Suche nach einer Freundin?«, erkundigte sich Tanja. »So könnte man es ausdrücken. Ich bin übrigens die Danielle.« »Freut mich! Mein Name ist Tanja.« »Was machst du hier in Marbella Tanja? Ich meine die ideale Urlaubszeit ist es ja nicht gerade.« »Hm … , das ist eine lange Geschichte. Meine Eltern haben mir Studium verordnet. So wirklich glücklich war ich darüber nicht, gemacht habe ich es aber trotzdem. Nach dem Studium sollte es dann nach ihrem Willen weiter gehen. Heiraten und Kinder in die Welt setzen, waren die Pläne meiner Mutter für mich. Das war dann endgültig zu viel. Mein Vater ist vor einem Jahr, im Alter von 50, an Herzinfarkt gestorben. Die Ehe meiner Eltern war eine Farce so lange ich denken kann. Eine eigenartige Form von Hassliebe hielt sie zusammen. In jungen Jahren hat mein Vater meiner Mutter den Hof gemacht. Sie fühlte sich geschmeichelt, da er sich sehr um sie bemühte. Kinder wollte sie aber keine, zumindest von ihm nicht. Vor 26 Jahren war es dann dennoch so weit, sie wurde schwanger und zwar mit mir. Eine Abtreibung kam für sie aus Glaubensgründen nicht infrage. Das sie mich jemals vernachlässigt hat kann ich aber nicht sagen. Mit den Jahren wurde meine Mutter krankhaft eifersüchtig und unterstellte meinem Vater alle möglichen Affären. Das lag sicher daran, dass sie Hausfrau war und deshalb viel Zeit hatte, sich die unmöglichsten Szenarien aus zu mahlen. Die lange Flaute im Bett nährte ihre Fantasien, welche wie ein böses Geschwür alle anderen Gedanken zu verschlingen drohten. Mein Vater musste die Rolle des Ernährers ausfüllen. Das er nach ein paar Jahren Ehe keine große Lust mehr auf Sex hatte, wollte sie nicht als die Wahrheit akzeptieren. Durch seinen Managerjob verdiente er sehr gut, allerdings war er auch viel unterwegs deswegen. Gelegenheiten zum Fremdgehen gab es bei seinen Dienstreisen sicher genug, nur keine Beweise, dass er es jemals getan hat. Die Unterstellungen meiner Mutter führten zu einem sehr gespannten Verhältnis. Mein Vater hatte dem Alkohol schon zugesprochen, bevor er meine Mutter kennenlernte. Auf ihre Anschuldigungen reagierte er jähzornig, ohne dabei handgreiflich zu werden. Doch immer öfter bevorzugte er die Gesellschaft der Flasche gegenüber der meiner Mutter. Seinen Pflichten ist er bis zu seinem Ende aber jederzeit nachgekommen. Für mich war immer klar, dass ich niemals so ein Leben wie meine Eltern führen werde. Als meine Mutter mir mit der Ehe ein Leben zudachte, welches sie selber kaum positiv sah, habe ich mich von ihr losgesagt. Der Umstand, dass mein Vater gestorben ist, hat mir die finanzielle Freiheit gegeben, hierher zukommen.« Danielles Tasse war schon längere Zeit leer. Ihre Einladung noch etwas zu trinken nahm Tanja an, wählte aber im Gegensatz zu Dany, die sich für einen Cappuccino entschied, grünen Tee. »Wenn du für die Ehe nichts übrig hast, lebst du also alleine?«, fragte Danielle scheinheilig. Tanja sah in ihre Tasse, wobei sie ihren Teebeutel sorgfältig darin badete, ehe sie ihn herausnahm. Mit der rechten Hand führte sie das Glas am Henkel bis kurz vor den Mund, pustete leicht über die Oberfläche der Flüssigkeit. Nach einem kleinen Schluck stellte sie das Glas wieder ab. »Nein! Ich lebe seit sechs Monaten mit einer Frau zusammen. Bei Gelegenheit stelle ich sie dir vor.« »Wie habt ihr euch denn kennengelernt?«, fragte Dany. »Auf Marbella war ich nicht fixiert, es gab gerade eine gutes Pauschalangebot, so bin ich hier gelandet. Kennengelernt habe ich die Ana durch Zufall. Nach einem längeren Sonnenbad ging ich im Bikini zu einer dieser Imbissbuden, die im Sommer überall am Strand zu finden sind. Es war ein sonniger Tag, allerdings auch sehr windig. Mit dem Rücken zu dem Stand nebenan, an dem Souvenirs und Kleidung angeboten wurden, verspeiste ich eine Bulette mit Pommes. Gerade als ich den letzten Rest einer kleinen Cola trank, tippte mir jemand von hinten auf die Schulter. Als ich mich umdrehte, sah ich eine rassige Schönheit, einen Kopf größer als ich. Sie fragte mich, ob ich mich nicht mal an ihrem Stand umsehen will.

Es gäbe tolle Klamotten zu günstigen Preisen. Eigentlich war ich nicht darauf aus etwas zu kaufen, wollte gleich wieder an den Strand. Ihr Lächeln verzauberte mich in diesem Moment jedoch, so folgte ich ihr. Unschlüssig wühlte ich in den Angeboten. Schließlich hielt sie mir ein kurzärmeliges zartgrünes Stretchkleid vor die Augen und forderte mich auf, es anzuprobieren. Es passte wie angegossen und ich gefiel mir auf Anhieb darin. Okay ich nehme es, sagte ich zu ihr. Der Preis von 15 Euro, den ich einem Schild an dem Kleidungsstück entnehmen konnte, schien mir gerechtfertigt. Als sie mir das bezaubernde Teil dann für 10 Euro gab, war ich total happy. Ihre Freundlichkeit, gepaart mit ihrem Aussehen, hinterließ ein starkes Gefühl der Sympathie für sie bei mir, so habe ich sie gleich am Tag darauf wieder an ihrem Stand besucht. Am selben Abend hat mir Ana dann in einer Strandbar gestanden, dass sie auf Frauen steht. Das korrigierte mein Weltbild dann wieder. Die Geschichte mit dem Kleid war wohl doch nicht ganz selbstlos, sondern eine subtile Anmache. Ich nehme es ihr aber keineswegs übel, da wir seither eine herrliche Zeit miteinander verbringen. Gleichgeschlechtliche Erfahrungen besaß ich zuvor nicht. Da ich aber in einer Phase der Selbstfindung lebe, entschloss ich mich zu diesem Schritt. Immerhin ist das Risiko einer ungewollten Schwangerschaft dabei gleich null. Mit dem Vorsatz, flüchtige Bekanntschaften zu machen, kam ich ohnehin nicht hierher. Die Geschichte mit Ana ist da schon viel eher nach meinem Geschmack. Ob ich mit ihr den Rest meines Lebens verbringen werde, weiß ich heute noch nicht«, endete Tanja. Der erste Eindruck auf Danielle war durchweg positiv. Sie konnte keinerlei Anzeichen von Depression oder getrübter Wahrnehmung bei Tanja feststellen. Bevor sich die beiden verabschiedeten, tauschten sie ihre Handynummern.

Der Test

Am frühen Nachmittag holte Erasmo, Dany in der Nähe vom Parque Alameda ab. Auf dem Weg nach Hause berichtete sie ihm alles, was sich zugetragen hatte. Auch ihre Meinung bezüglich der Drogen brachte sie vor. »Nur das Tanja keine Ringe unter den Augen hat und nicht zittert, bedeutet nicht automatisch, dass sie clean ist. Optimal wäre es, sie für mindestens einen Tag am Stück im Auge zu haben«, meinte ihr Lover. »Und wie willst du das bewerkstelligen?«, erkundigte sich Danielle. Dabei passierten sie bereits die Einfahrt zu ihrem Grundstück. »Lass uns drinnen weiter Reden«, erwiderte Erasmo beim Abbremsen vor der Haustür. Nachdem sie vor der halbrunden Panoramafensterfront des Wohnzimmers auf einer hell gepolsterten voluminösen Couch in Blickrichtung Meer nebeneinander Platz genommen hatten, setzten sie ihr Gespräch fort. »Du könntest die Tanja hierher einladen auf ein Wochenende. Ich werde solange meine Schwester in Torremolinos besuchen, was schon mehr als überfällig ist.« »Warum willst du denn nicht hier bleiben?« »Weil sie misstrauisch werden könnte, wenn sie mich als den wieder erkennt, der sie im Café anmachen wollte!« Dany atmete tief ein. »Na ja ich versuche es. Die Tanja ist sehr liebenswert, deshalb gefällt es mir nicht, so eine Tour mit ihr zu fahren. Mein Ding ist das einfach nicht. Dennoch werde ich es zu Ende bringen, da ich ja nun schon mal damit begonnen habe. In Zukunft musst du auf meine Mitarbeit bei solchen Sachen allerdings verzichten.« Erasmo hatte seinen Blick gesenkt und spielte mit seiner Armbanduhr. Sein Feedback kam mit Verzögerung. »Mich haben solche Aufträge auch schon öfter belastet, wenn ich abends alleine war, habe ich das miese Gefühl nach Möglichkeit im Alkohol ertränkt. Am nächsten Tag ging es dann wieder. Aber du hast Recht, wenn die Geschichte mit Tanja abgeschlossen ist, gebe ich den Job auf. Im Vorfeld habe ich dir ja bereits versprochen, dich nicht zu oft alleine zu lassen. Davon abgesehen will ich meine Familie nicht als Zielscheibe für Racheakte in Gefahr bringen.« »Du hast gerade Familie gesagt. Wen genau meinst du damit?«, forschte Danielle in aufgewecktem Ton. Erasmo schaute sie schmunzelnd an. »Dich mich und unsere Kinder, falls du welche von mir haben willst.« Sie sprang auf, setzte sich frontal auf seinen Schoß, mit ihren Knien an der Rückenlehne umklammerte sie ihn. Dann legte Dany ihre Hände auf seine Schultern und küsste ihn leidenschaftlich. Nach einer kurzen Aufwärmphase entledigten sich die beiden nach und nach ihrer Kleidungsstücke. In der gleichen Position wie zuvor saß Dany schließlich hüllenlos auf ihrem Liebsten. »Mach nicht so schnell Sweetie« stöhnte er, wobei er sie mit den Händen auf den Hüften an weiteren Bewegungen zu hindern suchte. Folgsam hielt Danielle still. Um ihn ab zu lenken und das Spiel zu verlängern fragte sie: »Also willst du den Plan vom Restaurant tatsächlich wahr machen? Hast du schon ein Objekt im Auge?« Er zog sie an sich und ließ seine Hände langsam an ihrem Rücken auf und abgleiten. »Ja an der Uferpromenade steht ein Laden zum Verkauf, bisher haben sie da Klamotten verhökert, beziehungsweise es probiert. Die Konkurrenz, auch die aus dem Internet, hat aber dafür gesorgt, dass die jetzigen Inhaber das Geschäft aufgeben müssen. Ich denke das wäre eine gute Basis. Einen Teil des Ladens will ich nutzen, um die Designerstücke von meiner Schwester an zu bieten. Da es keine Stangenware ist, sondern Unikate, sehe ich bessere Chancen im Geschäft zu bleiben, als die Vorgänger. Im anderen Teil stelle ich mir eine kleine Bar vor, mit Fokus auf Getränke aller Art und einer begrenzten Auswahl an Speisen.« Allem Anschein nach hatte es der Erregung von Erasmo aber keinen Abbruch getan, über seine Zukunftspläne zu sprechen. Als Danielle ihre Zunge zwischen seine Zähne schob, verdrehte er stöhnend die Augen und kam ohne das sich einer von beiden großartig bewegte.

Am folgenden Morgen rief Danielle bei Tanja an und erzählte, dass ihr Freund am Wochenende unterwegs sein würde und sie aus diesem Grund unterbeschäftigt ist. Sie erkundigte sich, ob Interesse an gemeinsamen Unternehmungen besteht. »Was stellst du dir denn dabei vor?«, wollte Tanja wissen. »Wir könnten einen Stadtbummel machen und uns die Geschäfte ansehen.« »Im Prinzip ja aber erst muss ich mit Ana drüber reden. Ich melde mich dann wieder bei dir«, gab ihr Tanja zur Antwort, bevor sie das Gespräch beendete. Bis zum Abend blieb Dany alleine im Haus. Isabel kam nur noch zu vereinbarten Terminen und nicht mehr jeden Tag, wie früher. Der Fitnessraum im Keller war ihr erster Anlaufpunkt, nachdem sie sich in der Küche für den neuen Tag gestärkt hatte. Der Körper ihres Geliebten inspirierte sie, an sich zu arbeiten. Schwangerschaft war im Moment noch kein Thema, da sie erst die Pille absetzen musste, was sie mit dem gestrigen Tag getan hatte. Nachdem sie den Schweiß von ihrem Körper mit fließendem Wasser entfernt hatte, setzte sie sich an den Computer und suchte nach Angeboten für einen Wintergarten, welchen es in ihrem neuen Domizil bisher nicht gab. Erasmo gegenüber hatte sie bereits angedeutet, dass sie sich mehr Grün im Haus wünscht. Das Ergebnis ihres Preisvergleichs druckte sie aus, um es am Abend zu präsentieren, und zum Gesprächsthema zu machen.

Um acht Minuten nach fünfzehn Uhr meldete sich Tanja wieder. Ana hatte keine anderen Vorhaben für das Wochenende und war einverstanden gemeinsam auf Tour zu gehen. Sie verabredeten sich für Samstag zehn Uhr am Parque Alameda.

Bei dem gemeinsamen Abendessen mit ihrem Freund, welches Dany selbst zubereitet hatte, brachte sie ihre Pläne bezüglich des Wintergartens vor. Er fand den Einfall sehr gut, überzeugte Danielle aber davon, dass die ersten Monate des Jahres nicht gut für Umbauten am Haus geeignet sind. Auch stellte er sich, die Ausführung des Projektes weitläufiger vor. »Wenn wir sowieso umbauen, kann es ruhig stattlicher werden. Es sollte genug Platz sein, auch mal darin übernachten zu können«, waren seine Worte, die bei seiner Freundin Beifall fanden. Nach dem Abendbrot bereitete er eine Skizze auf dem Esstisch aus, die den Grundriss des Lokals darstellte. Anhand der Skizze und von einigen Bildern im Istzustand, diskutierten sie die Gestaltung ihrer künftigen Erwerbsquelle. Einig waren sie sich auch dabei, auf einen Innenarchitekten verzichten zu können. »Wir tragen einfach unsere Ideen zusammen, wobei ich meine Schwester einbeziehen möchte. In zwei Wochen setzten wir uns dann zusammen und finden einen gemeinsamen Konsens«, schlug Erasmo vor.

Den Freitag planten die beiden ein, um für Danielle ein Auto zu kaufen. Ihren alten Ford Ka hatte sie in Deutschland gelassen. Die Schrammen und Blessuren, welche vom raumsparenden Einparken herrührten, lohnten der fachmännischen Reparatur aufgrund des Alters nicht mehr. Nach langem Suchen und Vergleichen wurden sie fündig. Ein rotes Renault Megane Cabrio, nur ein Jahr alt und mit 9512 km auf dem Zähler, löste Begeisterung aus. Schon immer hatte Dany von einem Cabrio geräumt. Was sie bisher vom Kauf abhielt, war zum einen das Wetter in Deutschland zum anderen ihr Stellplatz direkt an der Straße, unweit einer Kneipe. Die Vorstellung, dass die Zechbrüder auf dem Heimweg in Zukunft statt auf den Gehweg in ihr Cabrio reihern könnten, löste deutliches unbehagen bei Danielle aus. Zum Thema Cabrio und Deutschland-Wetter musste sie oft an ein Erlebnis auf der Autobahn denken. Mit ihrem kleinen Ford überholte sie einen offenen britischen Oldtimer. Die zwei Insassen des Cabrios trugen Lederjacken und Lederkappen auf dem Kopf, wie sie die Flieger in den Anfängen der Luftfahrt verwendeten. Ihre wettergegerbten Gesichter zeigten deutliche Übergänge von rot nach blau und an ihren Nasen seilte sich heimlich der Rotz ab. Dennoch versuchte der Fahrer möglichst cool zu wirken und schenkte Dany ein kurzes Lächeln, als sie auf gleicher Höhe war. Den Gedanken an ein Cabrio begrub sie daraufhin vorerst. Nun hatte sich das Blatt gewendet, überglücklich bestieg Sie ihren neuen fahrbaren Untersatz. Zwar konnte man auch in Spanien im Januar nicht lange offen fahren, wenn man keine Frostbeulen davon tragen wollte, aber die Aussichten auf besseres Wetter waren unumstößlich. Darüber hinaus gehörte zum heimischen Grundstück auch eine große Garage, die das Abstellen über Nacht mit offenem Verdeck risikolos ermöglichte.

Rechtzeitig zum verabredeten Termin am Samstag, stand Danielle am Parque Alameda. Mit einer Zigarette in der Hand hielt sie nach Tanja Ausschau. Nach zehn Minuten erspähte sie die beiden Freundinnen, welche Hand in Hand auf sie zukamen. Nachdem Tanja Dany und Ana bekannt gemacht hatte, entschlossen sie sich nach Malaga zu fahren. Dort angekommen sprach sich Ana für Sightseeing aus. Läden anschauen könne man ja überall und jeden Tag meinte Ana. Tanja und Danielle überzeugte der Vorschlag, da keine von beiden bisher viel mehr von Malaga gesehen hatte als den Flughafen. Sie begannen ihre Tour mit der Besichtigung der Stierkampfarena. »Das Bauwerk an sich ist schon imposant«, bemerkte Dany. »Einen Stierkampf will ich aber auf keinen Fall sehen. Das ist nicht in meinem Sinn. Da schaue ich mir eher noch einen Boxkampf an, die Beteiligten nehmen daran wenigstens freiwillig Teil.« Tanja pflichtete ihr bei. Ana erklärte nach einem Seufzer, dass es eben überlieferte Tradition in Spanien ist. Sie wies aber auch darauf hin, dass nicht alle Spanier damit einverstanden sind. »Was genau ist dein Standpunkt Ana, gefällt dir Stierkampf oder nicht?«, hakte Tanja nach. »Mein Vater hat mich schon als Jugendliche zu solchen Kämpfen mitgenommen. Ich verurteile sie nicht. Viele Tiere müssen erheblich länger leiden, in ihren zu kleinen verdreckten Ställen. Nimm doch nur mal so eine Hühnerfarm. Da hocken die armen Viecher in Drahtkäfigen, viele davon wund gescheuert. Bis sie dann geschlachtet werden, sehen sie niemals das Tageslicht. Wie viele Menschen verzichten deswegen auf Hühnerfleisch? Das Leben ist nun mal gewalttätig, wir können uns nicht dagegen wehren. Denkt mal darüber nach, dass wir und sehr viele Lebensformen die uns umgeben, unentwegt damit beschäftigt sind, anderes Leben in den Mägen zu zersetzen. Aber genug davon, wir sind ja nicht her gekommen, um schwermütig zu werden«, ermahnte Ana. Tanja und Danielle wirkten nachdenklich, als die drei ihren Weg zu dem Königspalast Alcazaba fortsetzten. Der Bau des alten Statussymbols wurde im 8. Jahrhundert zur Zeit der Mauren begonnen. Neben der Gartenanlage, dem Castillo de Gibralfaro und den Resten des römischen Theaters besichtigten sie auch das zum Palast gehörende archäologische Museum. »Ist in der Tat sehenswert«, lobte Tanja. »Ja und auch sehr inspirierend«, fügte Ana an. »Ich habe hier schon die eine oder andere Anregung für meine Arbeit gefunden. Die Verbindung mit der Geschichte hebt meine Souvenirs vom Durchschnitt im positiven Sinn ab.« Während des Rundganges küssten sich Ana und Tanja mehrmals spontan. Am Anfang überkam Dany dabei noch ein Gefühl der Verlegenheit. Je öfter es aber passierte, desto normaler wurde es in ihren Augen, was wohl auch daran lag, dass die anderen Besucher kaum Notiz davon nahmen. Auch fiel ihr auf, dass Ana, während sie Tanja küsste, gelegentlich zu ihr schielte. Ihre Blicke dabei konnte sie nicht so recht einordnen. Es war keine Aggression darin verborgen. Danielle interpretierte Anas Verhalten mehr als eine Mischung aus Neugier und Anmache, welches in ihr beginnende Lust hervorrief. Von Tanja wusste Dany, dass sie die Beziehung zu Ana als Experiment mit offenem Ausgang betrachtete. Ob Ana nur und schon immer auf Frauen stand, wusste sie nicht. Eine solche Frage in der Kürze ihrer Bekanntschaft zu stellen, wäre Danielle zu intim gewesen.

Im Anschluss an den Besuch des Königspalastes begaben sich die drei Mädels in ein Restaurant, um sich vom Laufen zu erholen und Kraft für ihre nächste Etappe zu sammeln. Als letzte Station ihrer Stadtrundfahrt besuchten sie das Picasso-Museum. »Kunst muss nicht kompliziert sein«, stellte Dany anhand Picassos zahlreicher Strichzeichnungen fest. Sie konnte sich dabei an den Besuch eines Einrichtungshauses in der Nähe von Köln erinnern. Dort gab es in der Bilderabteilung die Kopie eines Werkes von Picasso. Die seitliche Silhouette einer weiblichen Brust als Strichzeichnung. Das Bild hatte ihr gefallen nur der Preis von knapp vierhundert Euro nicht, weshalb sie von einem Kauf Abstand nahm. Trotz eines freundlichen Schmunzelns über die Bemerkung von Danielle stellte sich Ana eindeutig auf Picassos Seite. »Es ist die Extravaganz, die den Unterschied macht«, erklärte sie fachmännisch. Eine Aussage die Dany nicht in Abrede stellte. Auch die Möglichkeit selbst zu malen zog Danielle gedanklich, in Anbetracht von Picassos Erfolg, in Erwägung.

Ein paar Minuten nach 17 Uhr saßen die drei wieder in dem Auto, mit welchem sie gekommen waren. Da sie keine Lust mehr verspürten, großartig durch die Gegend zu wandern, beschlossen sie nach Torremolinos zu fahren. »Wenn wir schon mal hier sind, gehen wir heute Abend in die 'Passion Disco'«, legte Tanja fest. Die Zeit bis zum Einlass überbrückten die drei in einem Café in der Nähe der Disco. Ana erzählte von ihrer Kindheit, die sie mit ihrer Familie und ihren zwei jüngeren Brüder in Malaga verbrachte. Mit 18 wollte sie weg von zu Hause, um auf eigenen Beinen zu stehen. So nahm sie zunächst einen Job in einem der großen Hotels in der Nähe von Marbella, als Zimmermädchen an. In ihrer Freizeit hielt sie sich oft an den von Touristen bevölkerten Strandabschnitten auf. Da kam ihr auch der Gedanke, Souvenirs selbst herzustellen. Auf Anhieb konnte sie von dieser Tätigkeit nicht leben, jedoch wurde sie mit der Zeit besser und es gelang ihr, unter den Händlern Freunde zu finden. So erhielt sie Informationen, was die Urlauber nur selten kauften. Damit passte sie ihre Produktpalette an, was dazu führte, dass sie nach und nach auf eigenen Beinen stehen konnte. Dennoch verlangte Ana ihr Verdienst am Anfang große Bescheidenheit ab, um über die Runden zu kommen. Ihre Einkünfte steigerten sich jedoch mit der Zeit, sodass sie heute nicht mehr jeden Euro zweimal umdrehen muss. »Wie stellst du dir eure Zukunft vor?«, fragte Dany an Ana gewandt. »Da habe ich noch nicht groß drüber nachgedacht. Im Moment gefällt mir mein Leben wie es ist. Also studieren oder so will ich jedenfalls nicht.« »Wie hast du den Erasmo eigentlich kennengelernt?«, erkundigte sich Ana. »Ich meine er ist doch Spanier und wie ich von Tanja weiß Immobilienmakler.« Danielle war nicht ohne Weiteres bereit, den beiden die wahren Umstände preiszugeben, welche sie zusammen geführt hatten. »Im Auftrag unserer Versicherung sollte ich mir ein kleines Büro ansehen. Wir sind ins Gespräch gekommen und haben uns zum Essen verabredet, dabei ist der Funke übergesprungen«, bog Dany die Tatsachen zurecht. »Richtig verliebt, sodass wir uns sicher waren, unser Leben teilen zu wollen, haben wir uns dann in unserem ersten gemeinsamen Urlaub.« »Da hast du ja wirklich Glück gehabt, so einen Kerl zu finden«, meinte Ana. »Im Alter von 15 habe ich auch von so einem Mann geträumt«, erklärte Ana und fuhr fort. »Die Typen, mit denen ich später zusammen war, entsprachen selten meinem Ideal. Meistens wollten sie nur ihren Spaß, ohne ernste Absichten dabei zu haben. Richtig schlimm wurde es in der Zeit, als ich im Hotel gearbeitet habe. Den Koch und den Barkeeper konnte ich ohne große Probleme abwimmeln. Schwierig wurde es beim Hoteldirektor. Seine Annäherungsversuche habe ich ebenfalls von Anfang an zurückgewiesen. Auf einen verheirateten Mann Ende vierzig hatte ich echt keinen Bock. Auch machte ich die schmerzliche Erfahrung, dass es Männer gibt, die einfach nicht akzeptieren wollen, wenn eine Frau Schluss macht. Um mir den ganzen Hustle mit einer Beziehung unter Angestellten zu ersparen, gab ich schließlich an, auf Frauen zu stehen. In der Folgezeit ließ mich der Direktor mit seinen Aufwartungen in Ruhe. Eines Tages zischte mir der Koch, dem ich ebenfalls einen Korb gegeben hatte, mal wieder Lesbe nach, als wir uns im Foyer über den Weg liefen. Zwei junge Frauen, die zusammen auf einem der Sofas in der Nähe saßen, haben das wohl mitbekommen. Von da an warfen sie ein Auge auf mich. Sie passten mich auf dem Weg zur morgendlichen Reinigung der Zimmer ab. Die beiden stellten sich als Sera und Carmen aus London vor. Sie fragten ob ich Lust hätte mich mit ihnen nach Dienstschluss zu treffen. Mein Zögern veranlasste sie, mir einen Zettel mit einer Nummer aus zu händigen unter der sie telefonisch erreichbar sind. Überleg es dir, sagten sie mir nett lächelnd. Währenddessen standen sie so dicht nebeneinander, dass ihre Körper sich seitlich berührten. Die rothaarige Carmen legte dabei der brünetten Sera die rechte Hand um die Hüfte und strich daran auf und ab. Als sie sich umdrehten und entfernten, tuschelten sie etwas und lachten dann. Nachdem sie schon verschwunden waren, schaute ich immer noch den Gang entlang. Ich war unsicher, was ich machen sollte. Eine Intrige des Direktors hielt ich nicht für ausgeschlossen. Möglicherweise kaufte er mir die Lesbe nicht ab. Während ich die Zimmer in Ordnung brachte, überlegte ich, was schlimmsten Falls passieren könnte. Da die beiden Hotelgäste waren und offensichtlich auch nicht arm, schätzte ich das Risiko als gering ein. Ein Beziehungsdrama war auch nicht in Aussicht, wie ich von der Zimmerbelegung erfahren hatte, würden Sera und Carmen noch sechs Tage zu Gast bleiben. So entschied ich mich, sie anzurufen. Da wir uns nicht im Hotel mit den Gästen treffen sollten, vereinbarte ich eine Begegnung am Strand mit den beiden. Mein Herz pochte, als ich mich drei Stunden nach dem Mittag auf den Weg zu ihnen machte. Sera winkte mir schon von Weitem zu. Sie lagen unter einem Sonnenschirm mit blanken Brüsten. Als ich bei ihnen ankam, machten sie mir bereitwillig auf der Mitte ihres gigantischen Handtuchs Platz. Ich fühlte mich geschmeichelt, behielt mein Oberteil aber zunächst an. Über ein wenig Small Talk tauschten wir uns aus. Die beiden erzählten mir, dass sie ein Kosmetikstudio in London betreiben. Sie machten mir Komplimente bezüglich meines Aussehens. Mit einem Anflug von Melancholie stellten sie fest, dass sie vermutlich niemals so eine Hautbräune bekommen würden wie ich. Mich hingegen faszinierte ihre makellose helle Haut, was ich ihnen auch zu verstehen gab. Schließlich forderten sie mich auf, mit ihnen ins Wasser zu gehen. Nachdem wir ein Stück geschwommen waren, blieben wir in einer Wassertiefe, in der nur unsere Schultern herausragten. Es war Hochsommer und das Wasser warm genug, um es stundenlang darin auszuhalten. Plötzlich stand ich zwischen den beiden. Carmen nahm mich von hinten in die Arme und Sera von vorne. Nach einem tiefen Blick in meine Augen küsste mich Sera auf den Mund. Zeitgleich küsste mich Carmen im Nacken. Sera ließ ihre Hände zu meinem Po wandern. Carmen öffnete mein Bikinioberteil, zog es mir aus und schleuderte es einfach davon. Auf den Gedanken Widerspruch ein zu legen kam ich in diesem Moment nicht, selbst wenn ich es gekonnt hätte. Seras Zunge war tief in meinem Mund und ihre Brüste drückten sich gegen meine. Als nächstes streifte Carmen das letzte Kleidungsstück, welches ich noch am Körper trug, nach unten, dann hob sie tauchend meine Beine kurz an, um es mir ganz auszuziehen. Wieder hinter mir stehend, schob sie meine Beine mit den ihren auseinander und verwöhnte mich dann von vorne mit den Händen, während Sera das gleiche von hinten tat. Ich kam so gewaltig, dass ich um Haaresbreite ohnmächtig geworden wäre. Meine Umgebung nahm ich dabei nur noch ganz entfernt wahr. Es waren nicht nur die Zärtlichkeiten der beiden. Der warme Wind, der über das Wasser strich und unsere Körper liebkoste, um im nächsten Moment kleine sanfte Welle dagegen zu werfen, perfektionierte das Feeling. Als wir wieder an Land gingen, war ich nackt, meinen Bikini hatte das Meer geschluckt. Es war mir aber in dem Moment egal, denn noch immer war der Rausch der Sinne nicht vollständig abgeklungen. Darüber hinaus hatten zahlreiche Badegäste den Strand bereits verlassen, um nicht zu spät zum Abendessen in ihre Unterkünfte zu kommen. Sera fragte mich, ob ich nach Hause muss. Da die Sonne noch nicht ganz untergegangen war und niemand auf mich in meiner kleinen Wohnung wartete, sagte ich, dass ich noch bleiben kann. Wir haben dann eine ganze Weile zusammen auf dem Handtuch gekuschelt. In den folgenden Tagen waren wir oft zusammen. Sie haben mir nicht nur den Bikini ersetzt. Es machte ihnen Freude mich nach ihren Vorstellungen einzukleiden. Als sie abreisten, überfiel mich eine regelrechte Trauer. Tagelang fühlte ich mich verlassen und leer. Ich habe mich dann alleine an den Platz am Strand gelegt, wo wir uns das erste mal nahe gekommen waren. Die Blicke in den Himmel gerichtet, bin ich ihnen in Gedanken hinterher gereist. Nach und nach begann ich Distanz gegenüber den Erinnerungen zu gewinnen. Dauerhaft leben, wollte ich im kalten und verregneten London doch nicht, wenn ich ehrlich zu mir selber war. Ich besuchte in dieser Zeit gelegentlich die Disco, wo wir gleich hingehen werden. Nach ein paar kurzen Beziehungen, die mir aber nicht dasselbe Gefühl vermittelten wie die Geschichte mit Carmen und Sera, bin ich Tanja begegnet«, beendete Ana ihre Ausführungen.

Es war inzwischen spät genug für die 'Passion Disco'. So wechselten die drei Frauen die Location. Zahlreiche Gäste füllten bereits die

Räumlichkeiten, was wohl auch an der Jahreszeit lag. Danielle hatte sich freiwillig bereit erklärt auf Alkohol zu verzichten, da sie ihr neues Auto, sich selbst und ihre neuen Freundinnen auf jeden Fall ganzbeinig nach Hause bringen wollte. Tanja und Ana nutzten die Gunst der Stunde und ließen sich hochprozentige Drinks schmecken. Dany blieb an der Theke, während sich ihre beiden Begleiterinnen unter die vielen schrillen Gestalten auf der Tanzfläche mischten, um ihren Gefühlen freien Lauf zu lassen. An ihrer Cola nippend beobachtet Danielle das bunte Treiben. Für ernsthafte Unterhaltungen war der Lärmpegel nicht geeignet. Nach ein paar Minuten stellte sich ein junger Mann direkt vor Dany. Er trug ein weißes bis zum Brustansatz aufgeknöpftes Feinripp T-Shirt mit kurzen Ärmeln. Neben einem markanten Gesicht zeichnete ihn eine üppige Goldkette, welche um seinen Hals hing, aus. Sein Antlitz ließ darauf schließen, dass zumindest ein Teil seiner Gene den Weg von Nordafrika über das Mittelmeer gefunden hatten. Die Einladung des jungen Eroberers auf einen Drink lehnte Danielle ab, was er mit zuckenden Gesichtsmuskeln registrierte. Mit einem frisch gefüllten Glas in seiner Hand stellte er sich als Halil bin Yasir, Sohn eines arabischen Ölscheichs vor. Lallend offenbarte er Dany seine geheimsten Sehnsüchte. Sein Leben lang hätte er von einer gut gebauten Blondine wie ihr geträumt. Er könne ihr alles bieten, wovon sie je geträumt hätte, und wäre ihr treu bis in den Tod. Es dauerte ein wenig bis Danielle seine gedanklichen Ergüsse in unsicherem alkoholgeschwängerten Englisch richtig einsortiert hatte. Mit gespielter Verwunderung setzte sie ihn davon in Kenntnis, dass sie bisher in dem Glauben lebte, ein Scheich würde niemals eine Frau in der Disco suchen, weil das nicht standesgemäß wäre. Die Antwort ließ auf sich warten. In der Zwischenzeit hatte er mit dem Rücken halt an der Theke gesucht. Seine schräg nach vorne gestellten Beine rutschten auf dem glatten Boden langsam aber sicher nach vorne. Als Dany ihn anstupste, raffte er sich mühsam wieder auf. In dem Augenblick kamen Tanja und Ana von der Tanzfläche zurück, um eine Pause zu machen, und nach ihrer Freundin zu sehen. »Hi Karim! Wie geht es dir?«, krähte Ana, als sie Halil erblickte. Einen Moment starrte er Ana an, dann bahnte er sich torkelnd einen Weg durch die Menge. Ana schüttelte verständnislos den Kopf. »Woher kennst du ihn?«, fragte Danielle, wobei sie mit dem Zeigefinger ihrer rechten Hand in die Richtung deutete, in der Karim verschwand. »Aus dem Hotel, in dem ich mal gearbeitet habe. Er wäscht dort Teller und ist der Sohn eines tunesischen Ziegenhirten. Wollte er was von dir?« »Mich auf einen Drink einladen«, grölte Dany, um den

Lärm zu übertönen, den Rest verschwieg sie griesend. »Macht es dir was aus, wenn wir dich wieder verlassen und tanzen gehen?«, fragte Tanja mit dem Mund dicht an Danielles linkem Ohr. Sie schüttelte den Kopf und sagte: »Nein, nein, macht nur, dass ist schon in Ordnung!« Daraufhin stürzten sich die beiden erneut ins Gewühl. Wieder für sich, grübelte Dany, was sie tun sollte. Die Vorstellung die Nacht mit den beiden Schönheiten zu verbringen empfand sie keines Wegs als abstoßend. Blieb nur die Frage, wie es weitergehen sollte. Da sie plante mit ihrem angehenden Mann Kinder in die Welt zu setzen, wäre eine dauerhafte bisexuelle Beziehung unpassend. Auf der anderen Seite hatte er ihr grünes Licht gegeben. Unentschlossen bestellte sie einen Kaffee und ließ ihre Blicke schweifen. Der Trubel auf der Tanzfläche schien stetig intensiver zu werden. Mehrmals versuchten Männer aber auch Frauen sie zu einem Drink einzuladen, was Danielle jedoch immer ablehnte. Sie glaubte ihren Augen nicht zu trauen, als sie im tanzenden Volk einen Bekannten erspähte. Es war Jan, ein ehemaliger Kollege von der Versicherung in Köln. Die Frau, mit der er tanzte, war allerdings nicht seine Ehefrau, eindeutig nicht, denn er hatte eine Weiße geheiratet, was seine Tanzpartnerin mit Sicherheit nie gewesen war. Jan musste ihr Interesse wohl gespürt haben, denn er hörte plötzlich auf zu tanzen, blieb einfach stehen, seine Augen auf Dany gerichtet. Anders als sie es erwartet hatte, bahnte er sich einen Weg zu seiner ehemaligen Kollegin mit seiner Partnerin im Schlepptau. Das böse funkeln in den Augen der tiefschwarzen Kianga verschwand, nachdem er sie mit Danielle bekannt gemacht hatte. Um sich besser unterhalten zu können, suchten sie sich einen Platz abseits des Lärms. Dany überlegte noch, ob sie ihn auf seine Frau und seine Kinder ansprechen sollte, als Jan den Anfang machte. »Ich bin frisch geschieden«, begann er. »Ich bin meiner Frau auf die Schliche gekommen, dass sie mich betrogen hat. Ausgerechnet mich, der ich während unserer Beziehung immer treu war. Nicht ein einziges Mal war ich im Puff seit unserer Hochzeit!«, sagte er mit nassen Augen und bebender Stimme die Wut zu erkennen gab. »Es kam aber noch schlimmer. Da mir unklar war, seit wann sie mich schon hinterging, ließ mir eins keine Ruhe. Ich musste in zwanghaftem Drang herausfinden, ob die Kinder in meinem Haushalt von mir waren oder die Brut des Bösen. Ich liebe die Kinder und hätte auch damit klarkommen können, dass sie nicht von mir sind, außer wenn man mich über deren Herkunft belügt. Als ich meine Frau bezüglich des Erzeugers zu Rede stellte, blieb sie dabei, dass es meine wären. Da sie mich aber nachweislich schon längere Zeit anlog, beschloss ich, mich mit ihrer Antwort nicht zufrieden zu geben. Um der Kinder willen unterzog ich mich zunächst einem Fruchtbarkeits- und keinem Gentest. Jedoch stellte sich heraus, dass ich sogar überdurchschnittlich viele quirlige Boten meines Erbgutes besitze. So bestand ich auf einem Test der Gene, denn ich wollte Klarheit. Das Ergebnis war ernüchternd, keines der beiden Kinder ist von mir. Ich bin dann sofort ausgezogen und habe die Scheidung eingereicht. Da meine Frau nicht arbeiten geht, werde ich mit Sicherheit keinen Cent zurückbekommen, von dem was ich in die Familie investiert habe. Nach einer depressiven Phase habe ich mir jetzt zwei Wochen Urlaub hier in Torremolinos gegönnt, um mich selbst zu finden. Das erste mal, als ich hier in der Disco war, habe ich sogar den anders gepolten Kerlen nachgeschaut. Ich war echt am überlegen, ob es nicht besser wäre, die Fronten zu wechseln. Das, was mir meine Frau geboten hat, bliebe mir dann in Zukunft erspart, dachte ich in hilflosem Zorn. Doch dann erblickte ich sie.« Dabei deutete Jan mit der linken Hand auf Kianga, wobei er den rechten Arm um sie gelegt hatte. »Mit einem Glas in der Hand folgte sie verträumt, mit den Hüften wippend, dem Rhythmus der Musik. Es war niemand in ihrer Nähe. Ich verringerte die Distanz und stellte mich schräg vor sie. Zu mir aufschauend musterte sie mich von oben bis unten. Wir kamen ins Gespräch und gingen später gemeinsam ins Hotel. Kianga kommt aus Südafrika und ist zu einem Lehrgang hier. Wenn es gut mit uns läuft, will ich auswandern, und zu ihr nach Kapstadt ziehen, dort heilen meine seelischen Wunden garantiert besser als in Köln.« Dann nahm Jan seinen neue Flamme in den Arm und küsste sie. »Na dann wünsche ich euch beiden viel Glück«, sagte Danielle wohlwollend. Da tauchten Ana und Tanja auf. Ausgelassen lachend und knutschend näherten sie sich Dany. »Ach hier bist du«, jubelte Tanja. »Wir haben schon gedacht es hat dich jemand abgeschleppt. Bleiben wir noch oder willst du gehen?« »Nein wir bleiben noch«, gab Danielle zur Antwort. »Okay, dann bist später«, sagte Tanja, damit verschwanden die beiden wieder im Getümmel. »Bist du ... ich meine ich dachte ... ich wusste nicht ...«, murmelte Jan mit weit aufgerissenen Augen. Dany rollte ihre zusammengekniffen Lippen nach innen, um nicht lachen zu müssen. »Nein ich bin nicht lesbisch«, erklärte sie dann mit ernster Miene. Ob sie in dieser Nacht noch bi Erfahrungen sammeln würde, darüber war sie sich noch immer nicht sicher. Außerdem hielt sie es nicht für angebracht Jan noch mehr zu verunsichern, was die Frauen betrifft. In kurzen Worten klärte sie Jan über ihr jetziges Leben auf. Da sie durstig geworden waren, suchten sie die Theke auf. Kianga und Jan entschlossen sich, nochmal das Tanzbein zu schwingen.

Neue Erfahrungen

Morgens um halb vier kamen die drei Mädels wieder wohlbehalten in Marbella an. Auf der knapp einstündigen Fahrt traf Danielle die Entscheidung, die Nacht solo zu verbringen. Einmalige Gelegenheit oder nicht, Erasmo ließ keine Wünsche offen, was das Liebesspiel betraf, soviel war für Dany sicher. Von ihren neuen Freundinnen war sie überzeugt, dass sie keine Drogen konsumierten, damit war das Thema für Danielle erledigt. Als sie den Renault in der Nähe der Wohnung der beiden zum stehen brachte, fragte Ana, ob sie noch mit rauf kommen will, was Dany jedoch unter dem Vorwand, zu müde zu sein ablehnte. Nachdem sie eine gute Nacht gewünscht hatte, steuerte sie das heimische Gemäuer an.

Im Haus zurück, traf sie nur die nötigsten Vorbereitungen zur Nachtruhe. Mit einem Schluck Wodka im Bauch schlief sie rasch ein. Es war schon kurz vor Mittag, als sie die Augen öffnete. Bei einer Tasse Kaffee überlegte sie ihren Freund anzurufen, ließ es dann aber. Da es trocken war, entschied sie eine kurze Runde zu joggen.

Die Zeit bis zum Abend überbrückte sie damit, im Internet nach Einrichtungsgegenständen für das neue Geschäft zu suchen. Dabei dachte sie darüber nach, Ana und Tanja einen Job anzubieten, wenn der Laden sich etabliert hat. Auch wenn sie nie eine Lesbe werden würde, waren ihr die beiden bereits ans Herz gewachsen. Um 19 Uhr stand Erasmo in der Tür. Nach einer herzlichen Begrüßung erkundigte er sich, wie Danielles Mission gelaufen war. »Ja ich vertraue dir, wenn du sie sogar einstellen willst, sind sie bestimmt in Ordnung«, sagte er schließlich wohlwollend. »Ich soll dir schöne Grüße von meiner Schwester und ihrem Mann bestellen. Sie wollen dich sobald wie möglich kennenlernen.« »Danke! Da freue ich mich auch schon drauf. Ab wann ist das mit deinem jetzigen Job abgeschlossen?« »Das dauert noch mindestens vier Wochen. Es gibt einen Nachfolger, den muss ich einarbeiten. Trotzdem werde ich jeden Abend nach Hause kommen können.« Die folgenden Stunden verbrachten die beiden auf dem Sofa vor dem Fernseher. Gegen 23:15 Uhr gab Erasmo bekannt, dass er reif für die Matratze ist. Seine Schwester gehörte zu den Frühaufstehern, weshalb er seit halb acht am Morgen auf den Beinen war. Dany verspürte kein Verlangen einsam vor dem Fernseher zu sitzen und folgte ihm, obwohl sie noch nicht wirklich müde war. Als er schon einige Zeit fest schlief, lag sie noch mit offenen Augen neben ihm. In dem Licht eines entfernten Gewitters, welches in unregelmäßigen Abständen den Raum erhellte, wirkte ihr Lover auf Danielle wie ein Fremder. Sie stand noch mal auf, um in einem der Flure, am Fenster stehend eine zu rauchen. Die Zeit ihrer letzten langen Beziehung, vor Erasmo, kam ihr in den Sinn. Am Anfang sah dabei auch alles vielversprechend aus, zumindest das Zwischenmenschliche, so wie jetzt. Eine Umgebung wie das Anwesen von ihrem neuen Herzblatt, konnte ihr Frank nicht bieten, Reichtum auch nicht. Damals spielte das große Geld aber noch keine entscheidende Rolle. Die Kraft der Jugend machte sie unbekümmert und zuversichtlich. Im direkten Vergleich mit Erasmo vermochte sie nicht zu sagen, dass die Zeit mit Frank am Anfang schlechter war, was das Verliebtsein betraf. Die Fehler der Vergangenheit sollten sich nicht wiederholen. Was war der Auslöser, der Anfang vom Ende? Als einen Grund machte Dany zu häufigen Sex am Beginn der Beziehung aus. Das führte dazu, dass ihr Liebesleben nach anderthalb Jahren deutlich an Fahrt verlor. Es ist aber auch eine Gratwanderung, der Fleischeslust zu widerstehen, denn es gehört die Einsicht und die Willenskraft beider Partner dazu. Fehlt diese freiwillige Selbstbeschränkung, wächst das Risiko, dass mindestens einer von beiden fremdgeht. Der intensive Drang nach häufiger körperlicher Vereinigung am Beginn einer Beziehung muss seinen Grund aber nicht zwangsläufig in purer Genusssucht haben. In der Hauptsache geht es dabei schließlich darum Nachkommen zu zeugen und zwar so schnell wie möglich. Unsere Verhaltensmuster entsprechen einfach noch immer unseren Ursprüngen, der Rastlosigkeit im Angesicht der Vergänglichkeit. Bleibt der Nachwuchs aus, verlieren wir früher oder später das Interesse am Partner, und fangen an, uns anderweitig umzusehen. Das wir aus allen möglichen Gründen trotz geschlechtlicher Vereinigung keine Kinder in die Welt setzen, ist scheinbar von der Natur nicht vorgesehen. 'Na ja, dass Problem haben wir ja bald nicht mehr', dachte Danielle lächelnd, wobei sie einen weiteren Glimmstängel entzündete. Mehr konkrete Gründe für die Trennung von Frank fielen ihr nicht ein. Sie hatten sich einfach auseinander gelebt. Die Kommunikation ließ spürbar nach. Frank saß oft nur noch wie hypnotisiert vor dem Fernseher. Dany erinnerte sich daran, wie sie es eines Abends nicht mehr aushielt, ihn so auf dem Sofa sitzen zu sehen und ihm vorschlug, sich für eine Weile zu trennen. Für eine Sekunde schaute er emotionslos zu ihr auf, um seine Aufmerksamkeit dann wieder schweigend der Glotze zu widmen. Am nächsten Tag packte er seine Sachen und verschwand ohne ein Wort. Ein paar Tage später teilte er ihr dann telefonisch mit, dass er nicht mehr zurückkommt. Vor glücklicher Erleichterung gönnte sich Danielle damals eine Flasche Sekt aus der obersten Reihe.

Der neue Tag war mehr als eine Stunde alt, als sie ins Bett zurückkehrte, um sich nicht nur körperlich an ihrem Liebsten zu wärmen.

Im Licht des neuen Tages kündeten nur noch die zerwühlten Kissen von seiner Existenz. Einen Moment streckte sie sich, bevor sie Aufstand. Am Küchentisch überlegte sie den Tagesablauf. Den ganzen Tag ohne Gesellschaft im Haus zubringen wollte sie nicht. Isabel würde zwar in ein bis zwei Stunden auftauchen, aber Dany konnte nicht ausgiebig mit ihr reden. Die Sprache war dabei nicht das Problem, die hatte sie in den letzten Monaten in Deutschland intensiv gelernt. Die Tatsache, dass Isabel zum Arbeiten herkam und Danielle sie nicht durch ihr Geschwätz davon abhalten wollte, war der wichtigste Grund. Mit dem Mobiltelefon wählte sie Tanjas Nummer. »Hi wie geht es dir?«, meldete diese sich mit aufgewecktem Stimme. »Gut, ich hoffe dir auch! Ich wollte fragen, was du heute so machst. Wenn es dir recht ist, können wir uns in ein paar Minuten in der Stadt treffen«, erwiderte Dany. Tanja hatte nichts dagegen ein zu wenden.

Am Himmel tummelten sich zahlreiche Wolken, die Außentemperaturen lagen bei erträglichen 12 Grad. Tanja umarmte und küsste Danielle deutlich intensiver als unter Freundinnen üblich, bevor sie Tanjas Stammcafé betraten. Auf dem Weg zum Tisch lief sie hinter Tanja und ertappte sie sich dabei, wie sie ihr aufreizend verpacktes Hinterteil fokussierte. Nach dem sie Platz genommen hatten, gaben sie Bestellung auf. »Wir haben uns gewundert, dass du am Sonntagmorgen nach Hause gefahren bist«, begann Tanja mit unschuldigem Gesichtsausdruck zu erzählen. »Während wir in der Disco getanzt haben, erzählte Ana mir vom Museum. Deine Blicke, als du uns beim Küssen beobachtet hast, waren eine Mischung aus Sehnsucht und Verzweiflung, meinte sie. Das du nicht lesbisch bist wissen wir. Da dir aber bekannt ist, dass wir es sind, nahmen wir an, dass du wenigstens ein bisschen bi bist. Liegen wir da richtig?«, fragte Tanja, wobei sie ihren Kopf nach links neigte. Auf Antwort wartend leckte sie einen Rest Milchschaum von der Oberlippe. Dany strich ihren dünnen, rosafarbenen Pullover glatt, bevor sie antwortete: »Ich bin mir nicht sicher«, gab sie zaghaft von sich. In der Erinnerung war sie bei dem Abend, an dem sie zum ersten mal Tanjas Bilder auf Erasmos Fernseher sah. »Da hilft nur eins. Du musst es einfach mal probieren. So eine Ungewissheit in sich zu tragen, ist auf Dauer nicht gut für dein Wohlbefinden«, bemerkte Tanja. Danielle dachte daran, dass ihr Partner ja eigentlich für die Situation verantwortlich ist. Er hatte die Sehnsucht in ihr geweckt, welche immer wieder aufs Neue aufflammte, wenn sie Tanja begegnete. Auch stellte sie sich die Frage, was werden soll, falls Ana und Tanja in ihrem neuen Laden zu arbeiten bereit wären. Am Ende kam sie zu dem Schluss, es mit den beiden zu probieren, um sich nicht länger selbst zu quälen. »Sicher hast du Recht! Lass es uns bei Gelegenheit versuchen«, untermauerte sie Tanjas Meinung. »Die Gelegenheit ist jetzt«, sagte Tanja mit freudigem Gesichtsausdruck, wobei sie die Bedienung heranwinkte. Die Überraschung stand Dany ins Gesicht geschrieben. »Jetzt gleich?«, fragte sie ungläubig. »Jetzt gleich, bevor du wieder den Mut verlierst«, sagte Tanja mit einem Augenzwinkern. »Zu mir oder zu dir?«, wollte Danielle wissen, nachdem sie wieder auf der Straße waren. »Zu mir«, sagte Tanja entschlossen. »Das ist nicht so weit und ungestört sind wir noch dazu.« Nach ein paar Minuten zu Fuß erreichten sie den Hauseingang des Wohnblocks. Während Tanja den Schlüssel suchte, schaute Dany an der Hausfassade nach oben. »In welchem Stock wohnt ihr?« »Im Vierten. Einen Fahrstuhl gibt es nicht.« »Ist nicht so wichtig. Ich bin noch ganz rüstig«, entgegnete Danielle lächelnd. Tanja drehte sich kurz um und lachte. »Das werden wir erst noch herausfinden!« Nachdem die Haustür hinter ihnen ins Schloss gefallen war, stellte sich Tanja zu Dany gewandt auf die erste Treppenstufe. Fast in Augenhöhe gab sie ihr einen leidenschaftlichen Zungenkuss, wobei sie ihre Hände auf Danielles Po legte. Als sie in der Wohnung ankamen, staunte Dany nicht schlecht. Ana saß am Küchentisch und bastelte Schmuck zusammen. Als sie Danielle erblickte, sprang sie auf um sie zu begrüßen. Zusammen wechselten sie ins Wohnzimmer, um auf einem großen Liegesofa Platz zu nehmen. Bei einem Kaffee erklärte ihr Ana, dass sie die erste Frau seit Beginn ihrer Beziehung mit Tanja ist, mit welcher sie Lust verspüren, intim zu werden. Während sie ihren Kaffee tranken, zogen Ana und Tanja zuerst Dany und dann sich selbst aus. Die folgenden Stunden verbrachten die drei im üppig dimensionierten Bett des Schlafzimmers. Erschöpft lagen sie schließlich eng aneinander geschmiegt beisammen. »Und wie war es? Macht es dir dein Erasmo besser?«, fragte Ana mit wissbegierigem Blick. Auch Tanja wartete gespannt auf Antwort. »Besser kann ich eigentlich nicht sagen, aber schon anders. Da ich bald Kinder haben möchte, gebe ich ihm den Vorzug. Ich hoffe ihr seid nicht enttäuscht, dass ich so offen bin«, erwiderte Danielle. »Nein sind wir nicht. Für uns war es genauso ein Experiment wie für dich«, flüsterte Ana und streichelte dabei Danys Brüste. Tanja pflichtete ihrer Lebenspartnerin bei.

Als Erasmo heimkehrte, saß Danielle in der Badewanne umgeben von Schaum. Verträumt sah sie ihn an, als er vor ihr stand. Nun war sie sich ihrer sexuellen Ausrichtung sicher.

In der folgenden Zeit kümmerte sich Dany intensiv um den neuen Laden. Jede freie Minute verbrachte sie dort, denn sie wollte so schnell wie möglich, noch vor Beginn der Hauptsaison, eröffnen. Gemeinsam mit Erasmo und seiner Familie erreichte sie ihr Ziel. Anfang April fand die feierliche Eröffnung statt. Zu diesem Zeitpunkt war Dany in der vierten Woche schwanger. Als Danielle und ihr Zukünftiger nach der gelungenen Eröffnungsfeier nach Hause kamen, öffnete Dany den Briefkasten und fand den Katalog eines Einrichters darin. Schmunzelnd wedelte sie ihrem Freund vor der Nase damit herum und fragte: »Na, weißt du noch, wie du mich kennengelernt hast?« »Ja klar«, antwortete er, »mit dem Katalog habe ich damals ein bisschen nachgeholfen. Also er schaute als Einziger aus den ganzen Briefkästen heraus. Ich zog ihn aus dem Kasten, las deinen Namen und legte ihn vor deiner Tür ab, um leichteres Spiel zu haben, dich ohne großes Aufsehen zu überwältigen. Es hätte auch schief gehen können, was aber zum Glück nicht passiert ist.« »Wie interessant! Weißt du eigentlich, was das für ein Katalog war?«, forschte sie. »Irgendein Haushaltskatalog, soweit ich mich erinnere«, gab er von sich. »Nein, es war nicht irgendein Haushaltskatalog, sondern der des Herstellers eines speziellen Kristallglases«, klärte Dany ihn auf. Dann erzählte sie ihm die Geschichte von Jochens Apparatur und was sie sich wünschte, als sie das magisch Licht zum ersten Mal selbst testete.

Nachwort

Die Handlung dieses Romans ist frei erfunden. Jede Ähnlichkeit der Romanfiguren mit lebenden oder bereits verstorbenen Personen wäre rein zufällig und ist nicht beabsichtigt.